中国、四季のエッセイ

多田 敏宏
《編訳》
Tada Toshihiro

風詠社

編訳者前書き

本書では四季に関する中国のエッセイを集め、訳してみた。著作権の関係があるので、死後五十年以上経過している人の作品である。

「エッセイ」の中国語の原語は「散文（sanwen）」である。「散文」には、韻文に対しての散文という意味もあるが、現代中国ではエッセイの意味に使われることが多い。中国にはこの「散文」を愛する伝統があるようで、図書館や書店に行っても「散文」のコーナーがあるくらいだ。

四季に関する「散文」を通して、中国に対する理解を深めていただければ幸いである。

二〇一八年七月六日　　　多田　敏宏

目次

Ⅲ　秋のエッセイ

Ⅳ　冬のエッセイ

装幀　2DAY

北平（北京の旧称）の四季――〈郁　達夫〉

すでに故人となった人のことを追憶するときは、彼もしくは彼女のいいところから思い出すものだ。その後ゆっくりと、当時感じていた悪いところを思うのだが、すでに味わい深い思い出となって、回想の中で花を咲かせることもある。かつて住んでいた土地についても、すでに遠く離れた所に住み、もう二度と長く滞在することはないと思っても、そちらの方向を眺めて思い出すのは、当然そのいいところだ。

前半生で、中国のかなりの大都会に住んだ。が、一人で静かに考えてみると、上海のにぎわい、南京の広さ、広州の混沌、漢口武昌の乱雑、青島の美しさ、福州の秀麗、杭州の落ち着き、これらはみな北京（私が住んでいた当時は北平と呼ばれていた）の堂々たる典雅さやひそやかな美に及ばない。

まず人だ。当時の北京（一九二二年か一九二三年）では、上は軍閥や財閥のボス、学者や文人、美女や教育者から下は屋台や露店の物売りまで、すべてが語るべきものを持ち一芸の長を備えて、憎しみを表情に出すことはなかった。紹介所からやってくるお手伝いのおばさんも、たいていは身なりがきちんとしており、嫌悪感を抱かせることはない。

北京の物質供給については、山海の珍味や船来品からダイコンやハクサイなどの農産物に至るまで、揃わぬ物はなく、よくない物はない。北京に二、三年住んでいた人が、北京を出る時は、北京の天気はうっとうしく、砂埃が暗く舞い、生活に変化がまったくないといつも感じ、出たとたんにすっとした気分になり、新しい生活に期待を寄せるものだ。しかし半年か一年北京以外の土地（幼い頃過ごした故郷を除く）に住むと、みんな北京を思い出し、戻りたくなる。北京に対する「ホームシック」にかかってしまうのだ。北京に住んだことのある人なら、誰でもそういう経験をしているが、私の場合は格別に切実だった。最大の理由は、今でも長男の骨が北京郊外の広誼園という墓地に埋まっていることかもしれない。数人の知己の骨もまたそこにある。

北平の人や物は、すべてがいとしい。みなさんがどうにもならないと感じている北平の天候についても、中国の大都会では数少ないすばらしいものだと私は思っている。叙述の便のため、四季に分けて概略を話そう。

北平は旧暦十月を過ぎると、灰色の砂埃が満ち、冷たい風が身を切る季節になる。それゆえ北平の冬は、一般の人が最も恐れる季節だ。しかし、ある場所の特異なところを完全に知ろうと思えば、その特異なところを完全に表現しつくすのが最もいい。それゆえ夏は熱帯に行き、寒いときは北極に行くべきだというのが私の持論だ。北平の冬は確かに南方よりはるかに寒いが、北方の生活の偉大さと閑雅さは、冬でないと徹底して味わえないのである。

部屋の防寒設備について言えば、北方の家屋は、南方のモダンな都市のように、鉄筋コンクリートの中に冷熱のスチームを送るパイプが通っているわけではない。一般的な北方の家屋は、丈の低い四合院で、四面は分厚い土の壁だ。客間にはオンドルと回廊がついている。回廊には窓があるが、窓の格子に薄い紙が貼ってあり、さらにその中に防寒用のドアがある。それだけだ。こういう質素なつくりの部屋の中でストーブに火をつけ、電灯をともし、防寒用のドアカーテンをかけると、三月か四月のようにほかほか暖かい。外をぴゅうぴゅう吹きすさぶ西北風の音を聞けば、屋内の暖かさがひときわいとしく感じられるだろう。空はいつも沈んだ灰色で、道には砂埃が渦巻いている。そんな中で車を降りて部屋に入ると、春の空気に周りを囲まれているように感じ、屋外の冬の寒さをすべて忘れてしまう。酒や羊の焼肉が好きな人なら、冬の北方の生活は、いっそう捨てがたい。酒は寒さを防ぐ妙薬だし、そのうえニンニクと羊肉や醤油の香りの白い湯気が部屋に充満する。窓ガラスに汗のような水滴が流れるが、時間がたつとさまざまな氷の模様に変わる。

雪が降ると、景色は当然一変する。朝、分厚い綿入り布団の中で目を開けると、部屋に射し込んだ清澄な光に目がくらくらするだろう。降り注ぐ陽光の下、雪の一粒一粒が光を放ち、長い間じっとしていた小鳥が、このときばかりはと食べ物を探しに飛び出し、ぺちゃくちゃとさえずり続ける。数日間暗い灰色だった空は、雲がすべて消え、青々と澄み渡る。そして、北方の若い人たちは屋外で活動を始めるのである。スケートをしたり、雪だるまを作ったり、そりを使ったり、こういうときが一番力が入るのだ。

私も、こういう大雪の後の晴れた夕方に、数人の友人とロバにまたがり、西直門を出て駱駝荘へ行き一夜を過ごしたことがある。北平郊外の広大な雪原に無数の枯れた樹木が並び、雪で白くなった西山の峰々が見え隠れして、時折雪の混じった西北風が吹いた。その印象はとても深くて偉大、言葉で表現できないほど神秘的だった。十数年たった今でも、当時の情景を思い出すと、身震いがしてため息が出る。まるで釣魚台の流れのほとりに立った瞬間のように。

北平の冬の夜は、本を読んだり、手紙を書いたり、過去を回想したり、友人とおしゃべりしたりするのに絶妙な時間だ。確か、当時兄弟三人がみな北京に住んでおり、冬の晩になると、一緒に集まって、少年時代に故郷で見たり聞いたりしたことについて話し合ったものだ。子供たちが床に入り、使用人たちも就寝した後、兄弟三人だけが残り、ストーブに石炭を加えて、長い間語り合う。午前一時か二時頃まで外で冷たい風が吹いているので、いっそのこと夜明けまで話し続けたこともある。こういう貴重な記憶、こういう奥深い情緒は、一生で数回しか味わえない。が、もし北平の冬の夜でなかったら、こんなにゆったりした趣きにはならなかっただろう。

つまり、北平の冬は、北方のよさを味わう唯一の機会なのだ。この季節のよさやこまごましたことを詳しく書けば、「帝京景物略」のような分厚い本になってしまう。私は自分の経験を少し書いただけだが、長くなりすぎたようだ。次に春夏秋の感傷と夢をいくらか書いて、ほろびゆく祖国への哀歌にしようと思う。

春と秋は、どこの土地でもいい季節だが、北平では、他地方と少し違う。北国の春は来るのが遅いので、時間もかなり短い。西北風がやむと、積雪が徐々に消えてゆき、馬車の御者が毛の擦り切れた羊皮の上着を着なくなれば、春を漫遊するための服とお金の準備を始めなければならない。春は何の知らせもなくやってきて、何の足跡もなく去っていく。ほんの一瞬だ。北平市内では、春の風光は馬が駆けるように過ぎていく。部屋の中のストーブを取り外してそんなに時間がたっていないのに、日よけ棚を作らなくてはいけないこともあるのだ。

北方の春の最も記憶に値する痕跡は、城壁内外の洪水にも似た新緑だ。北京は、本来樹木は見えるが屋根は見えないという緑の都会で、城門を出ると、黄色い大地の上に雑木林が連なっている。陽光の中で柔らかな緑の波が震え、つやつやと光り、きらきらと輝いている。神経系統のあまり健全でない人が、こういう淡い緑の海に入って見渡せば、目も開けられず、足も立たず、気絶してしまうだろう。

北京市内外の新緑は、瓊島にせよ西山にせよ、外光派の見事な絵画だ！　しかしこの絵画の額もカンバスも、今は体中に黒い毛の生えた巨大な悪魔の手に握られてしまっている！　いつになったら再び日の目を見られるのだろうか？

緯度を見ればわかるが、北方の夏は、南方の夏より当然涼しくてさわやかだ。北平市内にいれば、北戴河や西山へ避暑に行く必要はない。一日で最も暑いのは、正午から午後三時か四時までの数時間だが、日が暮れると涼しくなってひとえの上着が必要になる。夜になると、薄手の綿入り布団が必要だ。そして北平では天然の氷が簡単に手に入るが、これも北平で夏を過ごす人の忘れられない恩恵のひとつだ。

私は北平で三度夏を過ごした。什刹海、菱角溝、二閘などの夏の観光地には当然行ったことがある。だが最も暑い時でも、昼であろうと夜であろうと、籐製のベッドを庭のぶどう棚やフジの花の陰に置き、冷たいものを飲みつつ盲人の歌声やセミの鳴き声を聞いていれば、炎熱も蒸し暑さも気にならない。それに夏の一番暑い時でも、北平では摂氏三十四度か三十五度で、それもせいぜい十日ぐらいだ。

北平では、春夏秋がひとつらなりになっている。一年の中に、寒冷な時期と温暖な時期だけがあるみたいだ。春から夏まではとても短く、夏から秋までは昼寝をしている間に少し涼しくなっていく感じだ。それゆえ、北方の秋は特別に長く感じられ、秋の後味も他地方より濃厚だ。二年前、北戴河から帰ってきて、北平で秋を過ごしたことがある。その時「古都の秋」というエッセイを書いて、北平の秋を賞賛しておいたので、ここでは繰り返さない。しかし北平近郊の秋景色は、百回読んでも飽きない本のようで、ページをめくればめくるほど興味が深まる。

澄み渡った秋の空の下、さわやかな風の吹く朝、ロバにまたがって、西山八大処や玉泉山の碧雲寺に行く。山には柿が熟し、遠くには木々と人家がかすんでいる。野にはアシやキビが生え、農民はロバの背に果物を載せて街へ売りに行く。一ヶ月見ていても飽きることはない。春と秋はどこでもいいものだが、北方の秋の空はより高く、北方の空気はより乾いて健全だ。そして、草木を揺らす厳かな秋風については、北方のほうが物寂しさを感じさせる。信じられないのなら、西山のふもとへ行き、農家や古寺の前で、旧暦八月から十月下旬まで、三ヶ月間見てみればいい。古人の「悲しきかな秋の気たるや」や「胡笳は互動し、牧馬は悲鳴す」という哀感は、南方ではあまり感じられないが、北平、ことにその郊外では、涙が出るほど胸に迫り、「千里を思って車を出させる」だろう。だから私は言う。北方の秋こそ真の秋であり、南方の秋は英語で言うIndian Summerもしくは「小春日和」に過ぎないと。

ざっと北平の四季を見てきたが、それぞれの季節にいいところがある。冬は室内で飲食して息を潜める時期だし、秋は郊外で馬に乗ったり鷹を調教したりする時期。春は美しい新緑を見て、夏は清涼さを味わう。それぞれの季節の移り変わりの時期には、また別の趣きがある。つらなってはいないが、符合している。雍和宮の鬼払い、浄業庵の放灯、豊台のシャクヤク、万牲園の梅花などである。

五、六百年の文化が集積する北平。四季のすべてがすばらしい北平。遥かに回想し、深く祝福する。平安と発展を祈り、永久に我々中国人の保有する古都であることを願っている。

一九三六年五月二十七日

〈一九三六年七月一日「宇宙風」第二十期〉

Ⅰ　春のエッセイ

大明湖の春――〈老　舎〉

北方の春はもともと長くはなく、往々にして狂風にあわただしく吹きまくられて終わってしまう。済南のモモやスモモ、ライラックやカイドウは、ほとんど毎年黄色い風に吹き飛ばされる。天地が暗くなり、落ちた花と黄砂が一緒に渦巻いているのだ。再び目を開けた時には、春はもう過ぎ去っている！　確かライラックが咲いたばかりのある時、午後の二時か三時だったが、部屋の中に電灯をつけなければならいほど暗くなったことがある。風がだんだん強くなり、空の色は灰色から黄色へ、そして黄色が濃く黒くなっていき、ついには恐ろしいほどの漆黒になった。次の日、庭の二株のライラックを見ると、花はゆでたようになっており、若葉はほとんどすべて破れていた！　済南の秋と冬は風はあまり吹かないが、春に残しているのだろう。

こんな風が吹くのだから、済南には春はないと言っていい。ましてや大明湖の春については、語ることすらできない。

済南の三大名勝は、名前は美しい。千仏山、趵突泉、大明湖、三つともきれいな響きだ。「大明湖」という言葉を聞けば、美しい春の風光と山水を思い起こし、絵のようにきれいな景色が心に浮かぶだろう。が、実際は、それは大きくもなく、明るくもなく、湖でさえない。

現在湖にあるのは清らかな水ではなく、土手によって区切られたいくつかの「地面」だ。「地面」の外側に溝が幾筋か残り、遊覧船はそこを行く。これが「湖めぐり」だ。水田には深い水は不要なので、水は黒く濁っており、流れもなく、波もたたない。東にハス、西にガマが生え、土の堰堤が水を遮り、ガマがハスを遮っているので、大したものは見えない。高さの不揃いな「農作物」が見えるだけだ。遊覧船が溝を進むさまは、コウリャン畑の中を行くようで、湯気が立ち上り、時々嫌な臭いもする。夏はまだいい。水があまりにおわなかったら、ハスの香りがいくらかはするし、緑の葉も見えるからだ。春は、黒いスープを流し込んだようで、そばにぼろぼろの堰堤だ。風がすさまじく吹くので、緑のヤナギやガマは曲がりくねり、命がけでもがいているようだ。それゆえ、「大きくもなく、明るくもなく、湖でさえない」のだ。

そうは言っても、この湖は名勝だ。湖が大きくも明るくもないのは、湖の体をなしていないからだ。「地面」を回収し、土の堰堤を撤去し、湖底を深く掘れば、当然大きく、明るくなる。湖面はもともと小さくはなく、済南には清らかな泉水がある。一時にはできないかもしれないが、ここまでできなくても、現状だけで名勝としなければならないだろう。これほどの大きな湖水は、北方の都市にはほとんどない。千仏山は大したことはない。北方では山は珍しくないからだ。が、湖水を見つけるのはとても難しい。済南には七十二の泉があると言われ、郊外には川も流れているが、湖は欠かせない。泉、池、川、湖の四者がそろってこそ、済南独特の美が体現できる。北方で唯一の「水の都市」なのだから、湖は不可欠なのだ。湖を遊覧して溝だけで湖面が見えなかったら、高いところ、たとえば千仏山に登って北のほうを眺めればいい。町北部の灰色がかった緑色の部分が大明湖、華山と鵲山に挟まれ、灰色に光っている一筋の流れが黄河だ。こうしてやっと済南の非凡さがわかる。水だけではなく、多彩な風景が味わえるのだ。

そのうえ、湖の景色に見るべきものがなくても、湖でとれるものはとても名高い。美がわかる人よりおいしいものをわかる人のほうが多いのだろう。蘇州に遊んだことのある人が軽食類のことしか覚えていないことが往々にしてある。西湖を遊覧したことのある人が龍井茶やレンコンの粉、ジュンサイのことばかり話すケースだ。おなかの中に入ったもののほうが目に映った美しい景色より記憶に残るのだろう。それなら大明湖のガマの若芽やマコモ、レンコンなども、大明湖が天下に名をはせている重要な原因だろう。とにかく、これらのものはすべて「水から採れる」ので、いくらか南国の風味を帯びている。野菜を載せた天秤棒の上に白いハスの花を置いて、売る。これは北方では済南でしか見られない「贅沢」だ。

私は「大明湖」という小説を書いたことがあるが、商務印書館の火災で焼けてしまった。確か大明湖の秋の景色について書いたのだが、具体的な言葉は思い出せない。桑子中さんが私に油絵を一枚描いてくれたが、それも大明湖の秋を描いたもので、今でも私の部屋にかかっている。私が書いたのも、彼が描いたのも、ともに大明湖で、そのうえ大明湖の秋だ。これは興味深い。そう、秋にだけ、大明湖はいくらか美しくなるのだ。済南の四季では、秋が最もいい。晴れて暖かく、風もない。いたるところが明るい。この時期に城壁の上を歩き、秋の湖を眺めれば、ヤナギやハスは葉を落とし、水面はまるで鏡のようだ。秋の景色の中でだけ、ぼろぼろの堰堤もまわりと釣り合って見える。堰堤の上のちぎれたハスの茎や黄色くなったつる草、それにいくらかのアシの花を付け加えれば、画趣もかなり出てくる。「農作物」の収穫も済んだので、湖面は大幅に広くなり、そうなると当然明るくなる。湖面が広く水がきれいになるだけではない。風光も明媚になる。顔を上げて南を眺めれば半分黄色くなった千仏山が近くに見え、開元寺の近くに「木のくい」（おそらく塔だろう）が静かにたたずんでいる。北を眺めれば、郊外の川が清く流れ、野菜畑には緑の葉が短く出ている。東西南北、どこを見ても、広々として明るく、山も湖もあり、町も川もある。この時期になって真に「明」が得られるのだ。桑さんのあの絵は北の城壁で描いたものだが、湖畔には秋のヤナギが数本あるだけ、湖中には遊覧船が一隻あるだけだ。水は灰色がかった青色で、ヤナギの葉は半分黄色くなっている。湖のほかに、千仏山も描いている。湖と山が一体となって秋の風景を作り上げており、明朗で清浄だ。ヤナギの梢には感じ取れないくらいのかすかな風が吹いているようだ。

申し訳ない。「大明湖の春」という題なのに、大明湖の秋について書いてしまった。亢徳さんが題を出し間違えたのだろう！

〈一九三七年三月〉

春風——〈老舎〉

済南と青島には相違点が多い。一方をだぶだぶ袖の中国服を着た年配の男性とするなら、もう一方はモダンな少女だ。しかし似ている点もある。気候について言えば、済南の夏は死ぬほど暑いが、青島は有名な避暑地だ。冬は、済南は青島より寒い。しかし、両地の春と秋はよく似ている。済南の春は風がよく吹くが、青島もそうだ。済南の秋は長くて美しいが、青島も同じだ。

秋については、どちらがいいのか私はわからない。済南の秋は山にあり、青島の秋は海にある。済南は小さな山に抱かれており、秋になると山上の草は黄色くなっていくが、松は緑のままだ。他の樹木の葉は赤か黄色になる。樹木のない山上も彩り豊かになる。日影、黄色い草の色、岩石、この三者が様々なトーンや模様を醸し出すのである。それに暖かな陽光と青空が加わると、山頂でうつらうつらし、ずっと横たわっていたくなる。青島の山は美しいことは美しいが、済南とは比べ物にならない。秋の海の波は春の緑のようで、さわやかな青空のおかげで遠くまで見ることができる。ふだんは見えない小さな島でもはっきりわかるくらいだ。この天の果てまで続く緑の水を見ていると、自然にいろいろな思いがわいてくる。一種の目的なき思考であり、思いを巡らすとかえって心の中はうつろになっていく。済南の秋は安全感をもたらし、青島の秋は甘いペーソスを引き起こす。どちらがいいかはわからない。

いわゆる春風とは、おだやかで、ヤナギの枝に軽く口づけをし、水面にかすかなさざ波を立て、そっと花の香りを運び、鳥の羽毛をやさしくめくるものだ。しかし、済南と青島の春風はとても猛々しく、春を吹き壊してしまう。済南の春風はライラックやカイドウが花を咲かせるころに空が黄色くなるほどに吹き、何も見えなくなる。花さえも黄色い闇の中に隠してしまう。青島の春風は砂ぼこりはやや少ないが、ずるい。十分暖かくなった頃に突然冷たい風が吹き、すべてを冬へ戻してしまう。綿入れの服を脱ぐこともできなくなるし、花も咲かなくなる。海辺には愁いに満ちた波が立つ。

両地の春風は一日中吹いていることもある。春の夜のそよ風はガンの鳴き声を送り、人々にいくばくかの希望をもたらす。が、一晩中大風が吹くと、ドアが響いて窓がガタガタし、肝っ玉の小さい人は頭を布団の中に突っ込んでしまう。とくに、私には耐えられない。私は北方に生まれ、風の音には慣れているが、それでも怖くて仕方がない。聞き慣れてはいるが、聞き慣れているからこそ我慢できないのだ。いてもたってもいられなくなり、心に不安が押し寄せる。何かをやっても駄目、何かをやらなくても駄目、希望を打ち砕いてしまうのだ。風のうなりを耳にすると、外出がおっくうになり、寒さを感じ、心の中がぼやけてしまう。本来、春は生気に満ち、花をもたらすべきものだ。こんな野蛮な風は許せない！　私はそんなに頑丈ではないが、弱い人間ではない。苦しみには耐えられるが、風だけは我慢できない。風以外の苦しみなら、場所も限定され、原因もわかるので、減らす方法もある。が、風だけはどうしようもない。一つの場所にとどまっているわけではないし、嵐の海の船みたいに私の頭を揺らす。なぜ苦痛なのかもわからず、避ける方法もない。自由に吹きまくるので、死ぬほどつらい。話し合いもできない。こんな風が吹くのは春だけだ！　蘇州や杭州の春は、こんな人の心を踏みにじるような風は吹かないのではないか？　正確なことは知らないが、そう希望する。「風から避難」するため、どこかへ行きたい！

〈一九三五年三月〉

春の歓喜と感傷――〈夏　丏尊〉

四季については「春秋佳日多し」と言われるが、春は特に人々に礼讃されている。昔から春をたたえる言葉は多い。春がまだ来ない間は「待ち望み」、過ぎてしまうと「名残を惜しむ」。春は冬の次に来る。つまり厳寒の季節から温暖で万物が活動を開始する季節になるわけだ。原始時代においては、春はエネルギーと食べ物を人類にもたらし、男女は春にカップルとなった。自然の状態についていえば、春は確かに歓迎に値するものだ。

しかし、自然と人の気持ちが調和しないこともある。古い詩や詞を見れば「惜春」という題材のほかに、「傷春」、「春怨」というテーマもある。「閨中の少婦愁いを知らず、春日粧いを凝らして翠楼に上る。忽ち見る陌頭楊柳の色、悔ゆらくは夫婿をして封侯を求めしめしを」。これは唐時代の王昌齢の詩だ。また宋時代の葉清臣にも「三分の春色二分の愁、さらに一分の風雨」という詞がある。両者とも春の感傷を詠んでいるが、その感傷の原因は人の世が思い通りにいかないことだ。社会が複雑になればなるほど、思い通りにいかないことも多くなる。その結果、季節への歓喜は減少し、感傷の場面が多くなる。貧乏な家の子供は新年の到来を待ち望んでいるが、両親は金がないので年越しを心配しているのとよく似ている。

私は毎年、伝統的な情感を以って、春の到来を待ち望んできた。しかし、春が来て春の歓喜を感じたことは、無邪気だった子供のころを除いては、あまりない。たとえば、ある年の三月十三日の夜だった。いわゆる「春宵」なのだが、春宵の歓喜は感じなかった。家族が次々に春特有のインフルエンザにかかり、灯の下文章を書いていると、一、二分ごとに妻子のうめき声や咳が聞こえてきた。隣家のラジオやマージャンの騒がしい音も繰り返し耳に入ってきたので、頭が痛くなった。日常のいざこざやお金の悩みについては、言うまでもないだろう。

都会には「ツバメ」はおらず、「シダレヤナギ」もない。都会であわただしい生活を送っている人には春の風景を見かけるのは困難だ。数日前アブラナとヨメナを食べたとき、懐郷の念がわき、故郷の春の風景を思い出した。私が思ったのは故郷の自然だけだ。庭の菜の花は黄金色になっているだろうか、ツバメは戻ってきただろうか、窓の前のウメは実を結んだだろうか、ツツジは裏山のてっぺんまで赤く染めただろうか、ということだけ考え、人の世のことを考えるのが怖かった。農村の困窮は知っており、故郷の人たちの苦しみはより詳細に知っているからだ。

宋時代の張演が「社日村居」という詩の中で、「鵞湖山の下ではイネとコウリャンがたわわに実り、柵の中でブタやニワトリを飼っている。クワの木が長い影を落とし、春の祭りは終わった。家に酔っ払った人が帰ってくる」という部分がある。この詩が描いているのは農村の春の景色の一部で、もともとそんなにたいしたことではない。しかし現在の農村の状況と比較すると、まさに神代の情景だ。

春がこの世に来てから、暦の上ではかなりの時間が過ぎた。が、春はどこにあるのだろう？「ヤナギの梢」という人もいれば、「アブラナの花の中」という人もいる。私たち一般人にとっては、簡単に見つけられないものなのかもしれない。

〈一九三四年〉

フィレンツェ、五月の山野を行く――〈徐　志摩〉

　ここで散歩に出かけるのは、山に登るにせよ下りるにせよ、よく晴れた五月の夕方なら、美の饗宴に赴くのと同じだ。たとえば果樹園に行けば、それぞれの樹木に詩情あふれる果実がたわわに実っている。立ってみているだけでは満足できないのなら、手を伸ばしてもぎ取り、新鮮な果実を味わえばいい。魂を酔わせるに十分だ。陽光はちょうどよい暖かさだ。風も穏やかで、花咲く林から吹いてくるので、かすかな香りとみずみずしさをもたらす。それは顔をなで、肩や腰の周りにたなびく。呼吸するだけで限りなく楽しいのだ。空気はいつも清らかで明るく、近くの谷に霧は立たず、遠くの山に靄はかからない。秀麗な風景のすべてが絵のように眼前に広がり、ゆっくりと鑑賞できる。

　山野に遊ぶ楽しさは、見た目や服装を気にしなくていいことにある。髪がぼうぼうでも、髭が伸びていても構わない。着たい服を着ればいい。牧童の格好をしても、漁師の格好をしても、農夫の格好をしても、ジプシーの格好をしても、猟師の格好をしてもいい。ネクタイに気を遣う必要はない。ネクタイを付けず、首と胸に半日の自由を与えてもいいのだ。太平天国のボスやバイロンのエジプトスタイルのまねをして、鮮やかな色の頭巾で頭を包んでもいいのである。が、最も肝心なのは、見た目は悪くてもいいから、古くて履きなれた靴をはくことだ。愛すべき友人として体重を支え、足の裏の下に何かを履いていることさえ忘れさせてくれるだろう。

一番いいのは一人で行くことだ。「連れ」がいると気が散ってしまう。特に若い女性は、最も危険で勝手な「連れ」なので、避けなければならない。草むらの中の美しいまだら蛇と同じだ。ふだん自分の家から友人の家や勤務先に行くのは、大きな監獄の中で一つの牢屋から別の牢屋に移るのと同じで、拘束が永遠につきまとい、自由は永遠にやってこない。が、春と夏の間の山野を一人で漫歩する機会を持てれば、あなたの運はとてもいい。自由を実際に味わい、肉体と魂の行動を一致させることができるからだ。友人たちよ、私達は年を取るたびに、手かせ足かせが増えていく。芝生や砂浜、浅瀬で小さな子供が転げ回って遊んだり、子猫が自分の尻尾を追いかけているのを見ると、誰もが羨ましいと思うだろう。しかし、私達の手かせ足かせは、行動を永遠にしばる上役なのだ！　それゆえ、一人で大自然の懐に飛び込むのは、小さな子供が母の懐に飛び込むのと同じだ。そうすることによってやっと、魂の快楽や生きていることの楽しさ、呼吸し道を歩き目を見開き耳をそばだてることの幸福を知ることができる。だから極度に自分勝手にならなければいけない。そうしてこそ、肉体と魂は、同じ脈拍の中で躍動し、同じ音波の中で起伏し、同じ宇宙の中でゆったりできる。私達の質朴な天真爛漫さはなよなよしたオジギソウに似ており、「連れ」が触るやいなや、葉を巻いてしまう。が、澄み切って静かな陽光となごやかな風のもとでは、自然な状態を保ち、融通無碍に生きる。

一人で漫遊しているときに、緑の草の上で寝そべったり、転がったりしてもいい。草の暖かな色が自然に活発な童心を呼び覚ますからだ。静かな道で踊り、自らの影が作り出すさまざまな姿を見てもいい。道端の樹木の影の繊細に舞い躍る姿がダンスの楽しさを暗示するからだ。知っている歌を気軽に歌ってもいい。林の中の小鳥が春の風光を賛美すべきだと伝えるからだ。長い山道を歩いていると心が広くなり、澄み切った青空を見ていると気持ちも落ち着くだろう。思想は谷川のせせらぎや山間の泉と響きあい、清らかに澄み、波打つ。そしてさわやかなオリーブの林の中を流れ流れて、美しいアルノ川に流れ込む……。

「連れ」も不要だが、こういう散策には、書物も不要だ。書物は理想のパートナーなのだが、汽車や旅館の部屋の中で読むもので、一人で漫歩するときは、要らない。偉大で、深遠で、勇気づけられ、清らかで、優雅な思想の根源は、風の響きや雲、山や地形の起伏、色づくかぐわしい花の中に存在するのではないだろうか？　自然は偉大な書物であると、ゲーテが言っている。その一言一言に深い意味を見出し、理解するのだ。アルプスと五老峰、シシリーと普陀山、ライン川と揚子江、レマン湖と西湖、シュンランとケイカ、杭州西渓のアシの綿毛と夕暮れに赤く染まったベニスの海、ヒバリとナイチンゲール、これらは普通の黄色い麦や紫色のフジ、緑色の草と一緒に成長するわけではないし、風の中で揺れ動くわけでもない。これらの用いる符号は永遠に一致し、その意義は永遠にはっきりとしている。心の中にかさぶたがなく、目がはっきりと見え、耳がきちんと聞こえれば、この無形で最高の教育は永遠にあなたのものだ。この無料でもっとも貴重な栄養剤をあなたは永遠に使用できる。この書物を知れば、どんなときでもさびしくなく、困窮もせず、苦しいときには慰めが得られ、挫折したときには励ましをもらい、気弱になったときには激励され、迷ったときには指針を得られるのだ。

落ち葉――〈徐　志摩〉

再び舞い散る落ち葉を見た。

落ち葉を見るのは珍しいことではない。だが、春、春の四月のことだったのだ！　春に最もよく見られるのは咲き誇る花と風にたなびくヤナギで、チョウのように空中をひらひら舞う落ち葉ではない。地上の落ち葉を見ていると、三種類の色があった。ヒスイのような緑色、金のような黄色、火のような赤色だ。実に多様な色彩だ。今年は往年と違って、春の落ち葉が特に多い。ほとんどの樹木の傍らに落ち葉が静かに横たわり、掃除を待っている。

落ち葉が多い場所もある。私の家の近くの公園では、落ち葉が石畳の道にかなり積もっているのだが、誰も掃除に来ない。学校が終わった後そこに行ったことがある。干からびた落ち葉を踏んでいると、カサカサ音がしたので、葉が砕けたのかと思った。が、細かく見ると、葉は一枚も砕けていなかった。

落ち葉には多くの種類がある。季節で分けると、春夏秋冬、四つの季節の落ち葉がある。樹木で分けると、ナシの木の落ち葉、モモの木の落ち葉、クスノキの落ち葉は、葉の形態が違う。色で分けると、赤、緑、黄色の三種類だ。

落ち葉が秋の使者であることは、誰でも知っている。秋には、多くの落ち葉が仙女のように舞い降りる。しかし、春にも落ち葉は多い。実際、どの季節にも落ち葉はある。身を切るように冷たい風が吹く冬になると、常緑樹のクスノキでも葉を落とすのだ。

一筋の陽光――〈林　徽因〉

休みになって、春の初めの日々をゆっくりと過ごしていた。正午前の黄金の陽光が窓枠を通って部屋の中に浸透し、あたりをきらきら照らした。私は少しぼうっとして沈黙し、周囲を見回した。明るく澄み切った光を眺めた。きらびやかに織り成す色彩を弁別し、痕跡を残さぬ流れを追おうとした。光が鮮やかにテーブルを照らすと、落ち着きと興味、悠々とした気持ちを感じた。いわゆる「窓は明るく机は清潔」ということなのだが、そこにはひそやかかな期待がこめられ、詩の気分がゆれていた。清らかな泉の流れと琴の音が交じり合い、かすかなトーンをかもし出しているような静けさだ。光が床を照らすと、床に花の影が浮かび、ほのかな香りが漂ってくるような気がした。正午の光や花の香りとともに人は変化していく。その「動」は柔らかくて穏やか、まるで無声の音楽のようだ。人は軽やかになり、愁いから抜け出す。理知的な客観の中で私は振り返り、過ぎ去った幼年時代の記憶の痕跡をたどり、時間を惜しむ。情緒と情緒の残した境地を時間は保存できないのが、少しうらめしい。

柔らかな椅子でくつろぐのは贅沢であるだけではなく、過失でもある。が、蘇東坡の「怠け者はいつも静かにしているみたいだが、静かな人が怠け者とは限らない」という弁解にも道理がある。椅子でくつろがず「静か」にしていれば、さっきまで渦巻いていた情緒は消えてしまうだろう！　他人は惜しいと思わなくても、その損失は哀れむべきだと私は思う。

情緒の小さな旅とでも言おうか。旅をしなくても別にいいが、旅に出るのももっと楽しいのではないか。結局のところ、私たちにとってこの世で一番大事なものは何だろう？　精神と肉体の感覚、生理と心理が共に引き起こす情感と行為、知恵、これらによって人類の文化は生み出されるのではないだろうか。宇宙の万物は客観的には惜しむべきものではない。人の心に反映されてこそ、山川草木や動物は秀麗となり、気品を持つのである。人も当然そうだ。人の感覚や情感がなければ、自然はあっても自然の美しさはなく、知恵や創造、芸術表現も存在しない。こう見てくると、感覚上の小さな旅を、厭うべきではない。より勇気を持つために、人類の情緒がこのように活躍しているからこそ、精神の寄託たるべきすばらしい文化が生産され続けることを確信しなければならない。

このとき私は軽く咳をして、アナウンサーのように滑らかな口調で言う。「文化を大切にし、太古から現在までの様々な芸術（抽象的な思想の芸術であろうと天然の材料を駆使して創造した非天然の形象であろうと）を尊重する以上は、芸術の由来や人の感覚、情感と知恵（人の情緒）といったものを、どれほど大切にすれば理屈に合うのだろう？」と。

　しかし情緒の活躍は、詩や絵などの芸術の完成とは異なるものだ。それは生活においていくらかの時間を占めるが、いかなる小さな空間をも占めるものではない。これがポイントだ。それは痕跡なき流れであり、形を持たない。いろいろにとらえられる性質をもってはいるが、それを探って具体的に表現することは、意義のあるなしは別にして、本人にしかできない。このとき私は清らかな陽光を見て、自らの内心の交流の変化や連想に対して、興味を感じた。言葉を換えれば、このときの好奇心と興味は私の生活の活動となったのだ。この活動を把握し、何とかして表現したいという衝動が抑えられなくなってきた。これがいわゆる芸術の衝動なのか！　確か冷静な杜工部も散歩中に花を見て、「江上花に被われ悩まされ徹せず、告訴する処なくただ癲狂す」という情緒の乱れを禁じ得なかった。玲瓏で暖かな陽光が目の前を照らしている。その「美」の力は花に劣るものではない。「有閑」と「実際」に自分の情緒をぎこちなく分類し、それを比較して取捨を決めるなど、とてもできない。私の情緒も乱れているのだ。

　情緒の旅は本来偶然に発生するものだ。今日も、春の初めの正午の陽光から始まっている。部屋の中の二種の豪勢な光が私の心を花が咲いたように緊張させ、感覚のそよ風のために冷静さという枝の中をさまよわせている。一つはロウソクの光だ。高い台から涙のようにロウをたらし、真っ赤な炎がすだれと幕に光と影を映している。明るくきらめき、みやびやかで、絵の中の光景のようだ。が、豊かな詩情を含んでいる。もう一つがまさに春の初めの正午の陽光だ。部屋の中に満ち溢れ、窓枠やテーブル、筆や硯は光の靄に包まれ、静物の図案になってしまったかのようだ。それに赤い花蕊と小枝が少し加わる。室内は軽やかな香りがあふれ、一挙一動が霊性に触れたように感じる。

こういう言い方は誤解を招くかもしれない。花の香りや筆や硯があってこそ室内に射し込んだ陽光は人を感動させる、と言っているのではない。こういう陽光がしとやかにさっぱりと照らせば、ありきたりのものでも人を動かす息吹を有するに至ると言いたかったのだ。

ここで私が最初に認識した一筋の陽光について話そう。六歳の時、「水珠」（水疱瘡のことなのだが、私の故郷では「水珠」と呼んだ）に罹った。当時私はこの美しい名前が気に入り、病気であることを忘れて、ひそかな誇りを感じていた。人に水珠に罹ったのと聞かれるたびに、光栄に思っていた。その感覚は今でも記憶にある。そのため、病気ではあったが、ぜいたくを楽しんでいるような心境だった。他の多くの病気と同様、一人で部屋に寝ていなければならなかったのだが。それは私たちの家の一番後ろの家屋だった。白塗りの壁に囲まれた小さな庭があり、北側に部屋が三つ、真ん中に開放式のホールがあった。東側の母の寝室に私は寝ていた。西側は叔母の居室だった。母と叔母は祖母の居室で女性の仕事をしていたので、この三つの部屋の留守は、いつも私一人だった。

ここで病気で寝ているのは、耐えられない経験だった。日中の眠くなかったときは特にそうだったが、時間のたつのがとても遅かった。最初、私は聴覚を「足音」に集中した。誰かが来るのをずっと待ち、それを希望していた。時たま隣の部屋からこまごました音が聞こえてきては、消えていった。少したつと我慢できなくなって、こっそりと靴を履き、ベッドの枠にもたれながらドアの近くまで歩いていった。ドアはホールへ向けて斜めに開いていたので、ドアにもたれて覗いたりした。

確か午後二時ごろの光景だった。食事が終わったばかりのテーブルが一つ、異常なほど寂しげに取り残されていた。テーブルの下にはホールの入り口から陽光が射し込み、そこに溶け込んでいた。絶対の静寂が声なき黄金のきらめきを覆っていた。なぜかはわからないが、それは当時六歳だった子供の心をひとかたならず揺り動かした。

そこには花の香りも美術品もなく、ごく普通のテーブルが一つ置いてあっただけだ。記憶に間違いがなければ、少し前までそのテーブルには、魚の塩焼きや漬物などありきたりの質素な昼食が並んでいた。が、その子供は呆然とした。目を見開いてあたりを見回し、問題の答えを探しているようだった。どうしてあの陽光は人を揺さぶるほどに美しいのだろう？　確か窓の前の小さなテーブルによじ登り、何となく窓の外を眺めた。庭の白塗りの壁に映ったまばらな影は、あの黄金の暖かな光とは全く異なる趣きだった。ついでに母が化粧の時に使う旧式の鏡台を開け、その小さな引き出しと花かごの模様の小さな銅の飾りをゆすってみた。スズメの澄んださえずりが聞こえていた。が、その一筋の陽光はあいまいな疑問を内に秘めたままだった。
二十年以上たち、今日、再びあの陽光が射し込んだ。とらえどころなく、不思議に流れている、静かな宝だ。あの問題には永遠に答えはないことがやっとわかった。孤独なテーブル一つと、寂寞としたホール、精巧な鏡台、スズメのさえずり、「水珠」という美しい病名。これらが折よく、春の初めの静かな陽光とともに私の心に斜めに射し込み、きわめて自然に回想の中の思い出となったのだ。

〈一九四六年十一月二十四日「大公報・文芸副刊」〉

北平（北京の旧称）の春――〈張　恨水〉

中国の習慣に照らせば、旧暦二月と三月が春だ。だが、北平では、三、四、五月が春である。啓蟄と春分が過ぎても、庭のエンジュの枝に緑の芽が出てこない。初めて北方に来た人には耐えられないだろう。でもあわてる必要はない。日々暖かくなっているから。東城に住んでいるのなら、隆福寺へ行けばいいし、西城に住んでいるのなら、西の牌楼を通って、護国寺へ行けばいい。植木屋がいくらでもあって、袋でくるんだ木を塀の陰に置いて売っている。一目見れば、生気があふれていることがわかる。その包装には赤い紙切れが貼ってあり、シナミザクラ、カイドウ、モモ、ナシなどの名が記されている。こうして春の訪れを知るのである。植木屋のショーウインドウには、ウメの盆栽も多く並んでいる。オウバイも盛んに咲いており、北方とは信じられないくらいだ。

二、三日たつと強風が吹くかもしれないが、長くは続かず、すぐ晴れる。堀端に緑のヤナギが並び、田舎から出てきた人は綿入れの上着をしまいこんでひとえの服に着替え、太陽の下、小さなロバにまたがって街を行く。ラクダは毛が抜け始め、石炭の入った袋はもう背負わず、二つのこぶには何もつけないで赤い塀や緑のヤナギの下を歩いている。北平というところは、人情も風俗も両極端だ。モダンな男女は、肩からスケート靴をぶらさげなくなる。女は腕をあらわにしたひとえのチャイナドレスを着、男は薄いラシャの背広を着て、公園を散歩し始める。堀や宮殿のかたわらには緑のヤナギが一キロほど続き、旅人を出迎えるのだ。

私がかつて住んでいた路地の入り口には、エンジュの大木が並んでいた。家のカイドウの花が満開のとき、路地のエンジュは緑に茂っていた。太陽が高く上ると、エンジュの木の下から、カランカランという音がよく聞こえてきた。食べ物を売る商人が、銅の小皿をたたいているのだ。音には二種類あり、そのとき聞こえたのは冷たいおやつを売るときの音だった。この音こそ、北国の春が暖かくなってきたことの知らせだ。薄絹のあわせの服を着て外に出ると、空いっぱいに柳絮が舞っている。路地だけではない。大通りを歩いても、空いっぱいにたなびく柳絮があとを追ってくるのだ。深い印象！　蘇州は山紫水明の地だが、春にこんなに多くの柳絮が舞うだろうか？

私の家がある路地の後ろに、国子監と雍和宮がある。天をつくほどのコノテガシワが緑の影を落としているのが遠望できる。ラマ僧も皮の袈裟を脱いで黄色の帯を解き、古い赤い壁の外で三十メートルのヤナギの古木にもたれて立っている。腕をあらわにしたモダンな娘さんが、微笑んで去っていった。こういう矛盾した光景が、北平では時々見られる。が、これも趣きがある。九、十、十一、十二日は東城の隆福寺の縁日で、五、六、七、八日は西城の白塔寺と護国寺の縁日、三日は南部にある土地神の縁日だ。太陽が家々を照らすころになると、これらの縁日には、天秤棒や大八車で花を売りに来る。市民がこれを見ると、買いたい気持ちをそそられる。俗っぽい田舎者といった感じの男性やおばあさんが、花の鉢植えを二つ持って道を歩いている姿がよく見られる。六つの王朝が都を置いた古都南京でも、こういう光景は見られないだろう。

もうひとつ忘れられない印象がある。春から夏へと移りゆくころの夜、半月が路地のエンジュの花を照らし、花はまるで雪のように暗い空に浮かんで見える。道行く人はあまりいない。ときおり車が白い紙でできた提灯をつるして、ごとごと音を立てて進んでいく。風はないが、エンジュの花の香りが暗い空にあふれる。私はゆっくりと路地を散歩する。深夜になっても、家に帰る気は起きない。

〈一九四六年三月十二日、重慶「新民報晩刊」〉

五月の北平――〈張　恨水〉

東洋の建築美を代表する都市と言えば、北平が世界的に比類なき存在だ。北平を描写する文章は、中国語から外国語まで、元代から今日に至るまで、とても多い。それらをすべて書き記せば、百万言の大著ができるだろう。今北平について語るのは、まさに二十四史で、どこから手をつければよいのかわからない。文芸家から科学者まで、崇高な学者から細かな技巧の名人まで、北平のどこにでもおり、ひとりひとりを紹介するのは不可能だ。北平という都市には、学問や技術のある人材が実によく集まっている。北平にいると生活に困るようなことがあっても、彼らは出て行かない。名声も金も求めず、貧困のまま暮らしていくのだ。これは実に不思議なことだ。

今は五月（旧暦の四月）なので、五月の光景について書こう。北平の五月は、一年の中の黄金のシーズンだ。すべての樹木が緑に芽吹き、街中が緑の影でいっぱいになる。シャクヤクの花を売る露店が、毎日十字路に並ぶ。洋エンジュが雪のように白い花を咲かせ、緑の葉に映えている。街道でも人家の庭でも、それが見られるのである。柳絮が雪のように飛び交い、静かな路地に漂う。ナツメも花を咲かせ、漆喰塗りの塀の上からランのような香りをたなびかせる。北平の春は風が多いが、五月になると、あまり吹かない。市民はあわせの服を着て、おだやかな陽光の中を歩く。北平には公園が多く、しかも大きい。時間があれば、そんなに高くはない入園料を払い、花と緑の中、美しい建築に囲まれてゆっくり過ごすことができるのである。

上述の部分に照らしても、その範囲はとても広い。まるで「四庫全書」のようだ。要約しても応接に暇がないだろう。範囲を縮小して、真ん中レベルの人の家の話をしよう。北平の家屋は、だいたい四合院だ。この建築は、全国に冠たるものだ。西洋式の建築には花園があり、うらやむ人も多い。しかし北平の人から見れば、たいしたものではない。北平のいわゆる大邸宅には、七つか八つの庭がついており、そこには花と果実が趣きよく茂っているのである。それは置いておき、真ん中レベルの人の家の話をしよう。そこには大きな庭に、一つか二つの小さな庭がついている。ザクロの鉢植えのほかに、金魚鉢もある。冬に屋内に置いておいたものを、春が深まると、持ち出すのである。ライラック、カイドウ、フジ、ブドウ、シダレヤナギ、洋エンジュ、ハリエンジュ、ナツメ、ニレ、ヤマモモ、ウメなどが当たり前のように植えられ、順番に花を咲かせていく。とくにエンジュは、大通りにも路地裏にも、どんな人の家にもある。五月に景山の頂に登って北平の街を俯瞰すれば、緑の海の中に家屋が浮かんでいるように見える。その緑の海の大部分が、エンジュだ。

洋エンジュは北平に伝わってから、五十年もたっていない。それゆえ十五、六メートルの高さのものはあるが、幹はあまり太くない。ハリエンジュは北平のものなので、枝もよく茂り、三十メートルくらいの高さのものもよくある。洋エンジュは、葉が緑になるとすぐ花が咲く。五月のことだ。花は球状に咲き、長くはならない。遠くから見ると、南方の白アジサイにいくらか似ている。ハリエンジュは、七月に花が咲く。とげがあり、フジに似ているが、白のものしかない。洋エンジュは香りが強いが、ハリエンジュはあまり強くない。それゆえ五月の緑したたる季節に洋エンジュの花が咲くのは、実に趣きがある。

真ん中レベルの人の家では、庭にエンジュかナツメの木がある。特に北部では、どの家でもナツメを植えている。縁起がいいからだろう。五月、雨が降ると、エンジュの葉は庭に緑の影を落とす。白い花が緑の枝に雪の玉のように咲き、太陽に照らされると、とても美しい。ナツメの花は見えづらい。葉と同じ淡い緑で、ごまのように小さいからだ。が、シュンランのような香りがし、風おだやかな日の午後や月の明るい夜、庭全体を優雅で静かな雰囲気にひたしてくれる。もし鉢植えがあれば（あるはずだ）、ザクロが火花のように赤い花を咲かせ、キョウチクトウがピンクの花びらを開いているだろう。上も下も緑の世界にいくらかの赤い色を添えており、愛らしくあでやかだ。北平の人は花の種をまくのが好きなのだが、この時節になると大小の花の苗が土から出てくる。三センチくらいのものから十センチくらいのものまであるが、すべてが活気にあふれている。北平の家屋は、庭に面する部分は、一般的に一番下が土の壁で、八十センチくらいの高さのところに大きなガラス窓がある。ガラスは百貨店の展示ケースのように大きく、その上部に窓の格子があり、机はたいていガラス窓の下に置かれる。家の主人がそこで本を読んだり文を書いたりすれば、窓の外を眺めると、そこは緑。詩情あふれる眺めだ。その上、金もかからない。

北平というところは、緑の樹木が実によく似合う。そして、緑の高木としてはエンジュが一番だ。東西の長安街や故宮の黄色い瓦、赤い塀につややかな緑のエンジュを添えると、絵のように美しい。古い路地に入ると、四、五株のエンジュの高木が、ぴんと伸びた土の道や低い漆喰塗りの壁に映えている。歩行者が少ないので、昼間でも奥深い趣きを感じるが、月明かりの下ではなおさらだ。広い大通りでは、両端にエンジュの木が二キロぐらいきっちりと並んでいるが、遠くから眺めると緑の道が続いているようだ。古い寺の入り口に赤い壁と半円形の門があり、数株のエンジュの大木が外側に立っている。寺の低い建物を樹木の緑がすっぽりと覆っているありさまは、厳かで典雅だ。官公署の前の広場の両端にもエンジュが並んでいるが、まるで儀仗隊が整列しているようで、勇壮な雰囲気を添えている。多すぎて、すべてを紹介することはできない。五月の北平はエンジュの緑に包まれていると言った人がいるが、決して大げさではない。

平和が続いていた日々は、北平の人たちの「よき日」だった。最ものどかでゆったりとした日々でもあった。緑の影が街中に満ち溢れ、花売りはシャクヤクの花のつぼみをいっぱいに載せて、車を押し歩いた。冷たい食品を売る商人は、静かな路地の中で、真鍮の皿をたたいて客を呼んだ。それは一切の安定とのどかさを表現していた。キグチやクルマエビなどの渤海の海産物を氷の上に置いて売っていたのも、独特の趣きがあった。サクランボの砂糖漬けやフジやバラの菓子も、食べていると詩情が感じられた。公園は緑に覆われ、三つの湖はつややかに青く、どこでもゆっくり楽しむことができた。だが、これ以上書けないし、書きたくもない。現在、近くで戦火を交えており、南方の人は北平は最前線だと言っている。北方人の食べる小麦粉も南方人の食べる米も、とんでもない値段になってしまった。貧乏人は明日をも知れず、真ん中レベルの人は質のよくない小麦粉を食べているが、それもいつまで続くかわからない。街のエンジュは以前と同じくきれいな緑色だが、のどかな装飾をすべて失ってしまった。人家の庭には金のかからぬ庭木が緑の影をもたらしてはいるが、静かな美しさではなく凄惨さを象徴するものになってしまった。なぜこうなってしまったのか？　「阿房宮賦」の前段は壮麗な美を描いているが、それに続くのは「秦人は自ら哀しむに暇あらず」という嘆きだ。北平の人は「自ら哀しむに暇あらず」ではないようだが。

東洋の美にあふれた大都市全体が、戦慄している！　千年の文化の結晶が、枯れしぼんでいる！　天に呼びかけても天は答えず、人に呼びかけても人は頭を振る。どうすればいいのか！

また春が来た――〈蕭　紅〉

　太陽が暖かさをもたらし、松花江の岸の近くの氷は崩れ、溶け始めた。氷結した川の上でそりを使う人はだんだん少なくなってきた。川の上を走る自動車もなくなった。松花江は冬の威厳を失い、川に積もった雪はもはやまばゆい白ではなく、灰色になっている。数日たつと、川の氷はゆっくりと流れ始める。それはすばらしい眺めで、意図的に動いているような気さえする。大きな氷と小さな氷が軽くぶつかり合って響く。この響きは、磁器がぶつかり合う音にも、ガラスがぶつかり合う音にも似ている。川岸に立つと、さまざまな幻想が浮かぶ。これらの氷はどこへ流れるのだろう？　海まで流れるのだろうか。いや、海にたどり着く前に太陽の光で溶けてしまうのか……。

　しかし氷は動く。さすらうように。あるいは命あるもののように。人よりも快活に見える。

　あの日川べりで数人の友人に出会い、橋まで一緒に歩くことにした。私と郎華さんが最も速く歩いた。松花江が足元を東へ流れ、列車の汽笛が鳴り響いた。川面は氷の塊でいっぱいで、空は白い雲でいっぱいだ。果てまで歩いたが、そこは野原ではなく、緑の草地も樹木もなかった。「域外」に春が来るのはこんなにも遅いのだ！　酒が飲みたくなったので、土手に沿って歩いていったが、食堂は見つからなかった。松花江の北側の家屋はぼろぼろだ。土で家を作り、柴草で短い塀を作っている。

「どうしてニワトリの鳴き声が聞こえないのかしら?」

「ニワトリの鳴き声を聞いてどうするんだい?」。みんな土手に座って顔を拭いた。歩いたのでほてったのだ。

その後、軍艦を見にいった。一九二九年にソ連と戦ったときに川底に沈められたものだ。この軍艦について、みんないろいろなことを話した。みんな出まかせだ。ボイラーが破壊されたので沈んだという人もいれば、船長が殺されたので沈んだという人もいた。ぼこぼこの軍艦。この軍艦を見て残忍さを感じた。戦場で足を失った人を街角で見かけたときと同じ気持ちだ。

この軍艦はドックの中で完全に錆びついていた。

梢は春だ――〈蕭 紅〉

三月はまだ花が咲かないので、花の香りはしない。道路に積もった雪が溶けたぬかるみが乾き始めるだけだ。春の趣きのあるおぼろげな雲が空に浮かび、暖かな風が薄絹のように街道や庭の中を吹き抜ける。春が終わろうとするころに、「域外」の人は春の訪れを知るのである。街角のハクヨウの芽は飛び跳ね、馬車馬はハアハア息をはき、御者も防寒用の靴は履かなくなり、道行く外国人女性も足の見える靴を履くようになる。笑い声と挨拶をする声が、再び歩道で聞こえるようになる。春の感覚をはやく伝えるため、ショーウインドウの中では花が咲き、草も緑になる。それは夏の公園の風景のセットだ。目を凝らしてみていると、誰かがぶつかった。汪林さんだ。鍔の狭い帽子をかぶっていた。「暖かくなったわね！　道を歩いていたら少し暑くなったわ」

彼女は「商店街」を曲がっていった。私たちはある店に行った。何かを買うわけではなく、ただ見て、太陽の光を浴びているだけ。すばらしい歩道だ。樹木があり、椅子もある。椅子に座り目を閉じると、すべての春の夢、春の謎、春の暖かさ……完全にその中に入り込んでいった。聞いて、聞いて！　春が歌っている……。

……

汪林さんが庭の真ん中でタバコを吸っている。また服を換えたのだ。樹木の芽と同じ、淡い緑色の服だ。腋に手紙を挟んでいたが、私たちを見ると、あわててポケットにしまった。

「たぶんラブレターだよ！」。郎華さんが冗談めかして言った。彼女は部屋の中に入った。ドアの外でタバコの煙が渦を巻き、消えた。

………

夜、春の夜、中央大通りは音楽があふれていた。さすらう人の音楽、日本舞踏場の音楽、外国ホテルの音楽……。七時を過ぎた。中央大通りの中ほどの横丁から、拡声器の音が大きく響き始めた。大通り全体に響いている。ショーウインドウのガラスが震えているのかと思うくらいだ。雪と風に閉ざされ寂しかった大通りが、今日はじめて叫びだした。

外国人！　紳士のような人、やくざのような人、老婆、少女たち、街にあふれている。ショーウインドウを取り囲んでいる人たちもいるが、これは若い人だけだ。蓄音機のように歌っている人もいるが、これも若い人だけだ。若い人たちだけの集会みたいだ。若い男女が談笑し、並んで道を歩く。巻き毛の人たちの中に中国人も混じっている。七分の一か八分の一だ。が、汪林さんもその中にいた。また出会ったのだ。同じように美しく着飾った白い顔の女性と一緒に歩いていた……。巻き毛の人がロシア語で彼女は美人だといった。彼女もロシア語で談笑した。

中央大通りを南へ行くと、人がだんだんまばらになってきた。

塀の下や曲がり角で、泣いている。おじいさん、子供、母親たち……。泣いているのは永久にこの世から遺棄された人たちだ！　そこからは楽しそうな人たちも見えるし、楽しそうな声も聞こえる。

三月、花はまだ咲かず、花の香りはしない。

夜の街、木の枝にはまだ緑の若芽がない。冬なのか？　秋なのか？　だが、楽しむ人たちは四季を問わずいつも楽しみ、泣く人たちは四季を問わずいつも泣く！

〈一九三六年五月、上海「中学生」第六五号〉

春の警鐘――〈盧　隠〉

いつの夜だったか、東風が美しき皇宮から逃げ出し、吉祥の雲を操り、暗い夜、この世をうかがっていた。

その時、宇宙のすべては凝結していたが、東風は広げた翼を軽く動かし、純潔な氷晶を柔らかな波に変え、静かな湖水は恋の歌のせせらぎを奏でた！

いつの夜だったか、花の神が荘厳なる玉座を離れ、吉祥の雲を操り、暗い夜、この世をうかがっていた。

その時、宇宙のすべては悲しみの中に凝結していたが、花の神は、春の景色を取り戻して、綾絹を裁断し、宇宙を鮮やかな赤と柔らかな緑で飾った。天の宮殿よりも美しく咲き乱れる花の中にそっと立ち、取り戻した青春を賛美した！

いつの夜だったか、鐘をつかさどる女神が、こっそりとこの世にやってきた！

その時、人々は毒の入った酒を飲み、生の夢に酔いしれていた。女神は白い雲の端に立ち、春の警鐘を鳴らした。これらのぼんやりとした魂は、みな夢から覚め、俗世の真ん中に呆然と立った。風は踊り、花は微笑んだが、人類は青春を失ってしまった！

心は氷柱で貫かれ、血は大波となり、血なまぐさい風が吹いた！

が、鐘をつかさどる女神は、警鐘を鳴らし続け、叫んだ。

青春！　青春！　しっかりと青春をつかみなさい！

青春には美しい翼があるので、ためらっていると、するりと逃げてしまう！

青春！　青春！　しっかりと青春をつかみなさい！


世界はこう警告され、人の心は救いようもないほど乱れきっている。

しかし、いつの夜だったたか、東風は美しき皇宮へ戻っていた。

いつの夜だったたか、花の神は悲惨なこの世から離れた！

いつの夜だったたか、鐘をつかさどる女神は、警鐘を鳴らすのをやめた！

もう青春を取り戻すことはできなくなった。この時から、宇宙は惨憺たる沈鬱に支配された！


〈「華厳月間」一九二九年四月二十日、第一号第四期〉

桜の木の下で――〈盧　隠〉

春が来ると、人々はみんな桜の花を待ち望む。特に初めて日本に留学に来た青年たちはそうだ。彼らは世界に名高い日本の桜にあこがれている。火のように赤くあでやかで、夕焼けのように燦爛たるその色彩は、人をとりこにしてしまう。

ある日の夕方、イケメンの青年が、鞄を抱えて、けだるげに下宿に帰ってきた。玄関で靴を脱いでいると、大家の西川さんのおばあさんが出てきて、お辞儀をしながら「陳さん、お帰りなさい。上でお客さんがお待ちですよ！」と言った。その青年が「はい」と言って、急いで階段を駆け上がると、ちゃぶ台のわきに座って「東方雑誌」を読んでいる人がいた。陳さんの足音を聞くと、振り向いて言った。「陳さん、今日はどうして帰りがこんなに遅いんだい？」。「張さん、いつ来たんだ？　今日は友達と遊んでいたので、帰りが少し遅くなったんだ。何か用かい？　ずいぶん久しぶりだね」

その張さんは太っていて背が低く、言葉になまりがあった。張さんは力を込めて言った。「いや、たいしたことじゃないんだ。ただ、今、とても天気がいいだろう。桜も満開だ。昨日日本の友人、君も知っている長沢一郎さんが、自分の家の二本の桜がきれいに咲いているから……明日の朝、花見に来ないかと言ったんだ。君はどうする？」

「そういうことだったのか。当然お供するよ」

張さんはニヤニヤ笑って、「長沢さんの家にはきれいなお嬢さんがいるんだ」と言った。陳さんが「君は不真面目だ」と言うと、張さんはまじめな顔をして「不真面目ってどういうことだい！」と言った。

陳さんは「わかった、わかった。お嬢さんのことは冗談で言ったんだろ」と言った。張さんは薄ら笑いを浮かべて言った。「日本の女の子は、生まれたときから男を喜ばせるのが役目なんだ。徳川時代の将軍はみんな酒と女を憂さ晴らしの対象にしていたんだ。日本の女の貞節を考えるなんて、ナンセンスだよ！」

陳さんは眉をひそめ、頭を振って、言った。「張さんはどんどん下品になっていくな……。まじめな話だけど、明日はどうやって行くんだい？」

張さんは目を細めて考え、「明日の朝七時に君に会う。それから一緒に行こう」と言った。

「わかった」と陳さんは言った。「君は今日どこで晩ご飯を食べるんだ？」

張さんは立ち上がって言った。「いや、これから友達に会いに行くんだ。明日会おう」

「明日会おう」。陳さんは張さんを出口まで送り、晩ご飯を食べ、本を少し読み、手紙を二通書いて、寝た。

次の日の朝七時、張さんは急いでやってきた。二人ともきちんと服を着て、一緒に長沢一郎さんの家に行った。門のところから二本の桜の大木が見えた。塀よりも高かった。花蕊が多くて密、花は一部分しか咲いていなかったが、それでも十分美しかった。門のドアをノックすると、長沢一郎さんが迎えに来て、六畳の客間へ案内した。しばらくすると、十四、五歳の女の子が盆を持ってやってきた。淹れたばかりの茶三碗と小さくて形のいい磁器の急須を三人が座っているちゃぶ台の上に置き、「お茶をどうぞ」と恭しく言った。その声がとてもなまめかしかったので、陳さんは思わず顔を上げて、見た。うりざね顔で、鼻は小さくて形がよく、日本人特有の美しい切れ長の目で、唇には育ちのよさそうな微笑を浮かべていた。陳さんは心の中で「きれいな女の子だな」と思ったが、初対面だったので気を遣って何も言わなかった。しかし、張さんは目を見開き、その女の子を見ながら、「きれいなお嬢さんですね」と笑みを浮かべて言った。

長沢一郎さんが言った。「お褒めに預かり恐縮です。私の妹で、今年十四歳です。まだ小さいですが、四歳上の姉がおります」。長沢一郎さんは得意げに自分の妹を褒めたが、同時に陳さんをちらりと見て、張さんに顔を向けてにやりとした。張さんはすぐに目くばせをした。

茶を飲み終わると、長沢一郎さんは「外で桜の花を見ましょう！」と言った。

三人で長沢一郎さんの家の庭へ行った。小さくてとても趣きのある庭だった。ツバキを植えている区画があり、その横に枯山水があった。長沢一郎さんと張さんは築山の後ろに行き、陳さんだけが残った。陳さんが桜の木の下に立ち、上を見ると、ガラス窓を開ける音がして、窓の脇に十八、九歳の女性のあでやかな姿が見えた。淡い緑の生地に花をあしらった和服を着ており、薄紫色の帯を締めていた。先ほどの女の子と似た顔立ちだったが、よりなまめかしかった。桜の枝が一本窓のそばまで伸びていたが、その女性は細くて白い手を伸ばして咲きかけの花を一つもぎ取り、鼻の近くに持っていってにおいをかぎ、軽く会釈して陳さんに嫣然と微笑んだ。思わぬことに陳さんはとても驚き、あわてて頭を下げた。だが、その刹那の印象は拭い取ることができず、再び頭を上げた。その女性は恥らったかのように、顔の向きを変えて控えめに微笑んだ。これを見て、陳さんは魂がどこかへ飛んでいってしまった。が、陳さんは節操のある青年で、去年の夏休みに結婚したばかりだ。誘惑がすごい勢いで押し寄せてきたが、陳さんは自分を抑えて一歩踏みとどまり、この危険な場所を離れ、張さんたちを探しにいった。

築山の後ろまで歩くと、二人は長いすに座っていた。陳さんを見ると、長沢一郎さんはあわてて立ち上がって席を譲り、微笑みながら「桜の花をご覧になりましたか？　どうでしたか？」と言った。

陳さんが言った。「とても美しいです。とくに遠くから見るのがきれいです。でも、梅の花のような香りはありませんね」

「そうです。桜は勢いよく華やかに咲くから美しいのです。数日たったら、上野公園に見に行きましょう。桜がとても多いので、満開だったら見事です」と長沢一郎さんが熱心に言った。

「それはすばらしい。ご都合のよい日にまた伺います。朝からお邪魔しているので、そろそろお暇します」

「陳さんはお忙しいようですね。またお会いしましょう」

「またお会いしましょう！」。張さんと陳さんはそう言いながら、長沢一郎さんの家を後にした。道中張さんはにやにやして陳さんに「名花と美人、どっちがよかった？」と言った。冷やかされた陳さんは、思わず顔を赤くして「何でたらめ言ってるんだ」と言った。

「もったいぶるなよ。僕たちが門を出るとき、彼女が流し目で君を見ていたじゃないか。『行人に問えば眉目の美しき処』という言葉を知っているだろう。まさに君と彼女のことだよ」

陳さんはあわてて、首まで赤くして言った。「ありもしないことを！　話せば話すほど変になってくるじゃないか。僕は今から図書館に行くんだ。君と言い争っている暇はない。日を改めて、けりをつけよう！」

「わかった！　別の日にゆっくり話そう。今日はここでお別れだ。君の女運がうまくいくように！」。張さんはずるそうな笑みを浮かべて別の道を歩いていった。陳さんは図書館で二時間あまり本を読み、外で昼ご飯を食べて下宿に帰った。ちょうど妻の手紙が届いていた。陳さんは喜んで封を開けて読み、急いで返事を書いた。半分ほど書くと、突然筆を止め、朝のあのシーンを心に思い浮かべた。が、結局すべては張さんの冗談で、偶然のようなものだと考えた。陳さんは心を落ち着けて手紙の残り半分を書き終え、本を少し読んで、その日を終えた。次の日は月曜日で、学校へ行かねばならない。途中で、学校へ行く道は長沢一郎さんの家の門前を通っていることを陳さんは思い出した。その家の塀の横を歩いていると、二本の木の桜の花が暖かな春風の中でかすかに会釈し「おはよう」と言っているように感じたので、思わず立ち止まった。まさにその時、あの女性が窓から笑顔をのぞかせ、かすかに会釈し、手を伸ばして花がきれいに咲いた桜の枝を一本折り取って、微笑みながら投げてよこした。ちょうど陳さんの足元に落ちた。陳さんは少しためらってそれを拾い、「ありがとう」と言って、急いで歩いていった。女性がガラス窓を閉める音がかすかに聞こえた。陳さんは歩きながら、偶然のことなのかどうか考えた。偶然にしてはできすぎている。やみくもすぎる。でも、日本の女性はとてもおとなしく、立場もないと張さんが言っていたので、何か意味があるのかもしれない。どっちでもいい。たとえ「小姑の居処もと郎なし」であっても、「使君自ら婦あり」だ。神経過敏になって、人を誤解しているのかもしれない。でも、災いを招かないように明日から別の道を歩こう。

三、四日たつと、張さんがやってきて、部屋に入るなり大声で「陳さん、ガールフレンドができたそうだね。おめでとう！」と言った。

「ちょっと、張さん、何でたらめ言ってるんだ！　ガールフレンドなんていないよ。僕が結婚していることは君も知っているだろう」

「もちろん。結婚式に招待してくれたからな。忘れるわけがない。でも君がイケメンなんで、仲を取り持ってくれと何度も頼まれたんだよ。しかたないじゃないか」

「僕がもう結婚しているって言わなかったのかい？」。陳さんはあせって言った。

「もちろん言ったよ。でも中国人にはめかけがいっぱいいるから、結婚していてももう一人くらい大丈夫だろうと向こうが言ったんだ。別の場所に住まわせればいいじゃないか」。張さんのこの話を聞くと、陳さんは我慢できなくなって、言った。「張さん、君の感覚はだんだん時代遅れになってきたな。今の時代、めかけがいっぱいいるなんて無茶だよ。君は結婚には愛情は不要だと言うのかい。愛情には一途さが必要なんだ！」

「陳さん、興奮しないでくれ。僕は仲を取り持っただけで、決めるのは君だ。君が断るのは僕もわかっていた。でも、日本の女性には個性も立場もないんだ。長沢一郎さんは妹と君を会わせようと思って、花見に招待したんだ。若い人は情が動きやすいのを知っているから、妹にできるだけ媚を売らせて結婚させようとしたんだ」

「ああ、そうだったのか。道理で……」

「やっとわかったかい！」。張さんは言葉を挟んだ。「日本人は家に娘がいれば、きれいで賢いと、人に会うたびに宣伝するんだ。商品を売るのと同じで、売れ残るのをとても心配する。とくに中国人留学生に嫁がせるのは最高のチャンスだと思っている。大部分の留学生は家にお金があるし、国に帰ったら出世するからだ。だから、娘を日本人の本妻にするより、中国人のめかけにしたほうがいいと思っている。それゆえ、留学生と日本人女性が関係を持つのは少ないとは言えない。日本人は女の貞操という概念がないんだ。日本の女性の性の解放度は世界一だろう。彼女たちと関係を持っても、子供さえできなければ、責任なんか持たなくていい。その女性は公明正大に嫁入りする。実際、貞操というのは本来男女双方が守らなければならないものだ。中国人は女性の貞操にはうるさいが、男は平気で女遊びをしている。どこかの女の子が処女でなくなったら一生軽蔑されるが、こんな残酷な不平等は打破しなければならない。でも、日本の女性のように処女の神聖さをまったく大切にしないのも恐ろしい！　とにかく僕は仲を取り持っただけだ。どう、断るか？」

「もちろん断る。論外だ」

「じゃあ結婚式は取りやめだな。わかった、返事をしてくるよ。向こうが期待しないように」

「当然だ！　はやく行ってくれ！」

張さんが去った後、陳さんは一人で畳に寝転んで、ガラスに映る静かな陽光を見ていた。この意外な喜劇の一部始終を思い出すと、不快な気持ちになった。女性の権利に関する学説は潮のごとく発表されているが、それは人類の歴史に見栄えのいい看板をかけているだけで、誰がその恩恵に浴しているのか？　とくに日本の女性は、今でも地獄に閉じ込められているではないか！　社会が異常な病態を呈しているのも道理だ！……。

〈一九三一年「婦女雑誌」第一七巻第五号〉

春の雪――〈孫　福熙〉

私が久しく北京にとどまっているのは、北京の雪が見たいからだ。南方はとても暑いので、一年中雪が降らないことがある。たまに降ってもたいして積もらず、雨水に流されてしまう。それゆえ、雪が多くてなかなか融けない北京で雪を待っている。しかし、待てども待てども、いとしい雪は降らない。上海からの手紙で雪が降ったと言ってきたのに、北京はまだだ。フランスのリヨンから雪の知らせが届いても、北京には降らない。細かく分析したわけではないが、私が北京で怠けているのはこの失望が原因だろう。

数日前、太陽の光が急に赤みを増し、春風が踊り、凧がにぎやかに舞うようになった。雪のことはあきらめ、春の景色を待つようになった。

春の訪れは、梅の花が知らせに来た。しっかりとした枝に軽やかな花が咲き、活きている珊瑚のように命の輝きをはなっていた。陽光がそれを柔らかになで、春風が栄養を与え、それぞれの花や枝が春の景色に十分な彩を添えている。これほどの活力と努力、わずか一秒の間にも生長している。花の影が建物に映る間に、新しい花を咲かせている。

まったく思わぬことに、春の景色を味わっていると、いとしく待ち焦がれた雪がやってきた。

中華門の前に行くと、石の獅子に白い雪が積もり、老人が防雪用のフードをかぶっていた。雪が好きだからこそフードをかぶるのだろう。雪が好きなのは子供だけだと、誰が言ったのか？　カラスが何羽も木の枝にとまって鳴いている。食べ物がないのだろう。だが、カラスも大衆とともに真っ白な雪を見て、心から楽しんでいる。雪を祝福すれば、もうすぐ春だ。カラスと一緒に歓迎しよう。

また春が来た――〈梁　遇春〉

一年の四季の中で、私が最も恐れているのが春だ。夏の沈鬱、秋の味気なさ、冬の寂寞。これらはみな我慢できるし、ひとときの喜びを感じることさえある。灼熱の太陽、憔悴し霜のおりた林、濃密な黒雲。これらのものは満身創痍の人の世にぴったりで、終わりなき悲劇の絶好の背景にもなる。俳優でもあり観客でもある私は、つらい気持ちはあるが、これだけ美しい芸術を見ると、のびやかに楽しみ、魂にえくぼまでできる。ストーブのそばに座り、北風の吹きすさぶ音を聞きながら、寄る辺なき人の手紙や日記をめくっていると、心に「春のしらべ」が聞こえてくる。しかし、実際に入り口の前の草が緑になり、窓の外の花が赤くなったのを見ると、いまわの際の病人のかたわらで少女の軽やかな笑い声を聞くような、いや、婚礼に参加しているときに弔いの鐘を聞くような不調和を感じてしまう。これは悪魔の嘲笑なのか？　それとも、臨終の子供をおもちゃであやしている母の涙なのか？　大地に春が来るたびに、「ハムレット」の中の花の輪をかぶったあの若い娘が、歌を歌いながら、水に沈んでいく場面を思い出す。これは大変な悲劇で、ハムレットの運命よりも痛ましい。どうしてよいかわからず、迷いの道をぼんやりとさまよい、なぞめいた空気の中で鮮血に染まった花の一生を送るしかないだろう。墓の横には毎年春の花が咲く。

宇宙は永遠に二元的で、両者が錯綜して、乱雑で下品な人の世を作っているのである。実は、自然界だけがこのような混乱を見せているわけではない。人の世も白いハスの花が汚泥とつながっているごとくで、卑怯な悪人の中に雪のように白い魂があったり、並ぶ者なき偉人がいくらかの名誉心を消しきれず、「玉に瑕」ということになったりする。世の中には偽君子がおり、この目で美徳を見ても、軽々しくは信じられない。だが、耐えられないほど下品な人が時には驚くような度量の大きさを見せ、自己犠牲をいとわないこともあるのだ。シラーは「錯誤だけが生き生きとしており、真理は死にゆくものに過ぎない」と言っている。抽象の世界でも心にそぐわないことがあるようだ。「哀れむべきはただ人の世のみ」というのもこれが原因だろう。心に苦しみは多いが、私は笑みを絶やさない。しかし、私の笑みは手持ち無沙汰な苦笑ではなく、世故にたけた老人の冷笑でもない。さまざまな哀楽を味わい、ぺてんもいくつか見破ったことがあるが、こういう下品な技量は眼中にないし、「世故」と呼ぶにも値しないと思っている。それゆえ、どれほどひどい目に遭い、瓦礫の中にたつようなことになっても、これらに目を向けたことはない。私の笑みはあくどいものではない。今、私がもっとも苦痛に感じているのは私の心が動きすぎることだ。なぜかはわからないが、どこへ行っても、何を見ても心を痛め、涙を流してしまう。失恋と死者への悼みを同じ炉で溶け合わせたような状態なのに、あくどい笑いなどするはずがない。私のつらい心境は、若い人によくある詩趣を帯びた感傷のしらべでもない。その感傷は生命の杯からあふれるしぶきであり、無上の快楽だ。お釈迦様があんなにのびやかだったのは、清らかで明るい慈悲の境地を備えていたからだろう。人生の迷宮にはまり込み抜け出せない私が、そういう悠々たる心境になるはずがない！　私のつらい心境はテニソンの言う「天下でもっとも沈痛なことは楽しき日々を回想することだ」の類でもない。この詩人は「愛してから永久の別れをするのは、愛したことさえないのよりはるかにいい」とも言っている。私はこのような「うららかな春」をすごしたことがない。私の生涯はオアシスなき砂漠であり、シュロの生えていない熱帯の地であり、クモの巣がかかり、音楽のまったくない空き部屋である。私のつらい心境は女官たちが故意に顔に貼る「そばかす」のようなものでもない。友人たちは私の笑みを見て多くの悲しい話をするが、許しを請うことはない。これらのおしゃべりが風光を飾り、生活に美を添えるものだと思っているのだろう。「己を知るは易からず」と言うが、自身を知っていると言える人がいるだろうか。そうでなければギリシャ人が神殿に「汝自身を知れ」という言葉を刻むはずがない。しかし、私は、咲き乱れる花の中を歩んだことはない。枯れ木と落ち葉しか見たことがないのである。にぎやかな宴席に並んでいる白髪頭の人たちを見て、ペルシャ人は人生のはかなさを感じ、酔いを一層深めた。骸骨が花のような少女を抱いて踊る姿を見て、山上のサタンは月の光を浴び、角の二本はえた頭を揺らしながら大笑いした。長く続くいばらの道は楽しいとは言えない。梅の花が落ち、雪の中で月が輝くのは、当然すばらしい世界だ。しかし、草木の生えぬ荒山の絶壁に年に一度の強風が吹けば、人は涙を流すだろう。これらの言葉は大げさかもしれないが、喜びなき私の心境を反映しているのである。

このいたるところで泣き声がこだまする世界に、春は毎年やってくる。澄み切った青空と緑の草があふれる季節に、毒蛇も春の装いをして寝ぼけまなこで人のおともをし、氷の下に閉じ込められていたガスも、春の水や緑の波とともに恋人たちのそばに寄る。これらの矛盾こそ、賢人たちが数千年間追求してきた宇宙の本質だろう！　ちっぽけな私にも神様は分け前をくださるに違いない。えくぼに涙をたたえた私は黒雲と稲妻の間に生きており、朝焼けと夕暮れのさびしい雨こそ私の宇宙だ。天人合一であり、心残りはなく、上っ面だけの解釈も不要だ。「まわりはすべて春の風、以前とはすっかり違っている」ということなのだろう。

春の雨――〈梁　遇春〉

一日中春の雨が降り続き、一日中春の曇りが続いた。世界で最も愉快なことだ。以前から晴れた日、とくにうららかな春の日が嫌いだった。この悲惨な地球にそういう楽しげな天気が到来するのは、宴会に知らない人が来た時のホストのやるせない笑顔と同じで、宇宙の中の白痴の成分を完全にさらけ出している。暖かな春の陽光の中、公園や繁華街、観光地に人々はこれ見よがしに押しかける。オランウータンのようににやにや笑い、有頂天になり、得体のしれないものになってしまう。しかし雨雲が広がったり、急に雨が降ったりすると、得意の絶頂の金持ちでさえ苦悶を感じるようだ。好天の時のように太陽も拝めず、大股で勢いよく歩くこともできなくなるが、それが神様の意思かもしれない。この世の哀しみを知る人々にとっては、暗澹たる日こそが唯一の栄光の時なのだ。空が自分たちの代わりに涙を流し、黒雲が自分たちの代わりに眉間にしわを寄せ、周囲の空気には同情が満ち溢れる。堕落した女性が母の懐に横たわり、母の涙が自らの涙と一つになるのを見て、すさんだ心を潤すようなものだ。小さな部屋に黙って座り、十年間会っていない友人や別れた恋人を懐かしみ、様々な苦しみや辛いことを思い出し、窓の外や軒下の物寂しい雨音に耳を傾け、消えそうもない雨雲を仰ぎ見る。この時すべてのいばらは清らかな白い蓮の花となるのだが、それは中世の聖者が惨殺された後に現れる神の奇蹟のようなものだ。「友人が風雨の中訪ねてくるのは得難いことだ」というが、陰鬱な天気の時は人の世の暖かさを一層感じるものだ。雨風をいとわず訪ねてくれた友人に熱い茶を淹れる時、刀を下ろし、仏のような気持になる。「風雨晦きがごとく、鶏鳴やまず」というが、人類は悲哀から抜け出してこそ解脱できるのであり、多くの試練を経てこそ腰の刀は光を放つのだ。「今日把いて君に似う、誰か不平の事をなさん」。「山雨来らんと欲して風楼に満つ」。これらの詩句は、この世で辛酸を嘗め尽くし、来るべき大難を迎えようという気概を象徴している。故郷を思っている人が欄干をたたきながら、城壁の外の牛や羊を見てふるさとの田園を思い出し、墓の中の幼なじみを懐かしみ、老いた父母がよろけて歩く姿やぼろぼろの壁に立てかけた数本の杖を目に浮かべたりするのと同じだ。どうすればこういう「風に臨んで道ゆく人」たり得るかが、生活の技術というものだろう。どんな雨風に見舞われても、ずっと花のようなふるさとを思い続ける。これこそ一生涯の理想の結晶であり、心に蓄えられた詩情であり、賢者が身を守る最後の砦である。しかし、状況を見極め、自らの足取りをしっかりと把握できれば、他郷の人がどれほど残酷で、他郷の水や土がどれほど合わなくても、強風の中の老木のようにすっくと立っていることができる。我慢はできるが麻痺はせず、気持ちは豊かだが感傷に流されない。まさに、しとしと降って陽光をさえぎっているが多くの草や花を潤す春の雨と同じだ。軒下の巣に隠れているツバメが、絹の糸のような細かな雨にチッチッと鳴いているが、何かを私に知らせているようだ。

しかし、春の雨も時には猛々しく、すごいスピードで高い山から流れ下り、すべてを水に流してしまうこともあるが、これは殺風景だ。私はもともとせっかちで、友人によく注意されるのだが、胸に手を当てて考えてみると、何をやっても大成しないように思える。が、わずらわしい苦労にはもううんざりしており、せっかちなのは苦労の反響ではないだろうか。私も我慢強いときもある。廃殿の瑠璃瓦のように、雨風にさらされ、霜や太陽に蝕まれながら、ぼんやりと広い青空を眺めているのだ。文字のない石碑の前にじっと座り、その深い意味をゆっくりと瞑想するようなところも私にある。破れた敷物の上で座禅を組んでいる老僧が、世の中とさっさと縁を切り、竹林の中を逍遥したいと思うのと同じだ。世事を脇に置き、市場の中に身を隠し、にぎやかな場所に立って天上の白い雲を仰ぐ。この二種類の心境は本来矛盾するものではない。波打つ海に飛び込んだことはないし、そのつもりもないが、真心も多少は知っている。おそらく焦燥と矛盾の間で揺れ動いているのだろう。いかんともしがたい。それゆえ、私は柔らかくて細かな雨も愛するが、大鉈を振るうような急な雨も愛する。それは次々にやってきて、陽光と雲を洗い流し、静かでうららかなときはもう来ないのではないかと思わせる。あるいは、暴雨が降るたびに人の世の喜びや悲しみの痕跡はすべて大海に押し流され、波に飲まれて消えてしまうのかもしれない。焦燥と倦怠の心境は、ここで大悟徹底する。世界は、客が去ったあときれいに掃除された宴席のようになる。台所の棚にきちんと並んだ杯や皿を見て、主婦たる創造主も微笑み、一日の仕事が終わったと思うだろう。少なくとも私は、大地が本来の姿を取り戻したと憶測する。

しかし、最も妙なる境地は「まつわりつくような春の雨」だろう。十数日間梅雨が降り続き、もう二度と晴れることはないと思ってしまう。しかし、時には晴れることもある。天に澄み切った青空が広がり、雨脚が収まってきたと思ったら、突然ひんやりとした雨粒が落ちてくることもある。そういうとらえどころのない、ひねくれきった表情こそ、なぞなぞのような人生の象徴だ。確か十数年前、春の雨が降るたびに、紙を坊さんの形に切り抜き、水がめに貼っていた。もうこれ以上雨を降らせないでくれという意味だった。庭に降る雨粒が作る泡を見ると喜びを感じ、とくに軒下を急いで歩くときに首にたれる雨のしずくに無限の楽しみを感じたのではあるが。しかし、それは知らず知らずのうちに春の雨の趣きを知ったのであり、注意を凝らして探し求めたのではない。静かな雨音をどうやって味わうか知ったころには、いつも乾燥している土地に居を移し、故郷には夏の間だけ帰って、退屈な夕立を見ることしかできなくなった。それゆえ「小楼一夜春雨を聴く」という楽しみは取り逃がしてしまった。大人になるとよき夢は少なくなり、彩雲はすでに散り、生活はつかみどころがなく、五里霧中だ。春の雨に対する失意はささいなことかもしれないが、私の悲哀を象徴しているのだろう。だが、私は春の雨について瞑想するのが好きだ。自分の愁いを愛惜しているからかもしれない。陶淵明の詩を作り変えて、いつも自分に言い聞かせている。「衣の沾るるは惜しむに足らず、但だ恨に違うこと無きを願う」。

Ⅱ　夏のエッセイ

斉魯大学の夏――〈老　舎〉

斉魯大学につくと、まだ夏休み中だった。太陽が沈もうとしている時以外は、キャンパスに人影は見えない。上にカエデの木が傘のように枝を広げているいくつかの白い石の腰かけが、私の臨時の書斎になった。本を手にとってはいたが、本を読んでいたとは限らない。地面に映った樹木の影を観察するのは、読書よりおもしろかった。細かな緑の影が陽光と交錯していたが、丸い形のものばかりではなかった。葉の少ないところでは、陽光も角ばった影を映していた。小さな黒いロバのようなアリが、地面に映った光の中をあわただしく行き来していた。白い石の腰かけも、細かな緑の影を映していた。小さな青いチョウが羽をすぼめ、眠っているかのように腰かけにとまっていた。そよ風が吹くと、緑の影は酔いを醒ましたかのように、乱れ始めた。小さな青いチョウは目を覚まして物憂げに飛び始めた。夢を見ながら飛んでいるようだった。少し飛ぶと、黄色いタチアオイの花のしべに、抱きつくようにとまった。しばらく見ていると、チョウは再び飛び始め、そそっかしいスズメバチがやってきた。

本当に静かだ。南を見ると、千仏山が物憂げに白い雲に寄りかかり、沈黙を続けていた。北を見ると、塀の下を一、二頭の小さなロバが通り過ぎ、かすかな鈴の音が聞こえてきた。東西を見ると、建物の壁を這いあがるツタしか目に入らなかった。葉がかすかに動くと、緑の波が立ったように見えた。下側を見ると、すべて緑の草、上側を見ると、赤くとがった建物の先端がいくつか見えた。すべてが動かない。緑も、赤も、上も、下も、まるで絵のように、色が固定していた。が、見れば見るほど美しい。事務室のあるビルの大時計の針だけが、こっそり動いていた。時間に知られることだけを恐れているかのように、こっそり動いていた。樹木の隙間から、たまたま色とりどりの服を着た小さな女の子が見えた。その華やかな衣装が静謐を刺激したのだろう。花はより赤く、葉は緑を増したようだった。彼女の衣装が周囲の色彩とともに踊り始めたのだろうか。女の子がいなくなると、再び静かになった。エンジュの木から緑の小さな虫がふわりと落ち、空中にぶら下がっていた。それ以外は何も動かなかった。

庭園には水がない！　スズメでさえそれを気にしているようで、しょっちゅう小さな目で周囲を見回している。庭園に小さなせせらぎでもあれば、どれほどすばらしいだろう。せせらぎを様々な色の魚が泳ぎ、ハスの花が咲く！　たとえ噴水池でもいい。水の音と、カエデの葉の擦れ合うかすかな響き。石の台の上でひと眠りすれば、どれほど生き生きとした夢が見られるだろう！　花と木は十分にある。足りないのは水だけだ。

緑樹の生け垣は生気があまりない。その上にルコウソウの赤い小さな花でも咲けば、少しは元気が出るかもしれない。庭園の外に並んで立っているエンジュの木は美しい。白い石の腰かけが側にないのが残念な気もするが、それもいい。花と木だけがあり、レンガ造りの池などの人工の装飾物がないからこそ、キャンパスの全景は美しいのだ。だからこそ、人がいないときは、気配すら感じず、人の痕跡さえも見いだせない。言葉を換えれば、俗っぽくないのである。

内モンゴルの風光——〈老　舎〉

一九六一年の夏、作家、画家、音楽家、舞踏家、声楽家たち二十人で、内モンゴル自治区のウランフ同志の招請により、中央文化部及び民族事務委員会、中国文聯の組織の下、内モンゴルの東部および西部を八週間訪問した。私たちを案内したのは内モンゴル文化局のブハ同志だった。彼は素晴らしい見学プロセスを組んでくれた。あまり長くはない期間であったが、森林地区、遊牧地区、漁業地区、風景地区および工業基地を見学し、いくつかの遺跡と学校、展覧館に足を運んだ。そして様々な文芸活動に参加し、経験を交流し、互いに学習した。いたるところで指導者や各族人民の歓迎と援助を受けたことに、とても感謝している。

以下、内モンゴルの風光について、少々紹介する。

〈樹海〉

これが大興安嶺だ。子供のころ地理の教科書でこの山の名を見てずっと覚えているのは、「大興安嶺」という言葉の響きがよく、「国を興し、安んじる」という意味を含んでいるからだろうか。この心地よい名に、私は親しみを感じた。だが、「嶺」という字にやや違和感を持った。「嶺」というのは、高くて登れないような変わった形の峰や岩のことだと思っていたのだ。今回実際に見て、原始の森林の中に入り、千年万年積み重なってきた分厚い松の葉を踏んだり、古木を触ったりして、その親しみが空想ではなかったことがわかった。

そう、大興安嶺の「嶺」は、秦嶺の「嶺」とは異なる。高かったり低かったり、長かったり短かったり、確かに多くの「嶺」が現れたが、「雲は秦嶺に横たはりて」という険しさを想像させるものはない。前進する汽車の中で、数時間多くの嶺を見たが、見終わることも見飽きることもなかった。それぞれの嶺はみな温和で、ふもとから頂上まで貴重な樹木がびっしり茂っているものの、孤峰がそびえたち人の気をしのぐ、というものではなかった。

見渡す限り、すべてが緑だった。まさに樹海だ。それぞれの峰の起伏は樹海の波浪だ。深い緑、浅い緑、明るい緑、暗い緑、様々な緑だ。形容しがたく、名状しがたい緑だ。「高嶺は蒼茫とし低嶺は翠、幼林は明媚にして母林は幽なり」という詩を作ってみたが、眼前の情景をうまく描写しているとは言いがたい。このような様々な緑を描けるのは、画家だけだろう。

興安嶺で最も素晴らしいのは、カラマツだ。そう、カラマツの海だ。ほら、「海」のまわりに白い波しぶきが見える。それは美しいシラカバで、幹が銀色に輝いているのだ。陽光の下、青い松のまわりにシラカバの銀のスカートがきらめいている。まさに、波しぶきのようだ。

山の間に底が見えるほど清らかな谷川が流れ、岸辺に野生の花が咲いている。私は花が好きなのだが、花の名はわからない。興安嶺は見事な装いだ。青松の上着にシラカバのスカート、花を刺繍した靴。樹木の間も色彩豊かだ。松の陰に様々な小さな花が咲き、彩り豊かな蝶が舞い、親しげに客人に身を寄せる。花の茂みの中には珊瑚の玉のようなアズキがちらちら見える。興安嶺の酒造工場で醸造しているアズキ酒はこれを使っており、とてもおいしい。

これで、興安嶺の魅力を語りつくしているだろうか？　いや、そうではない。嶺に分け入り、数えきれないほどの青松やシラカバを見ると、すぐには四方八方を眺めることはできない。が、ここの木材は多くの省で使われているのだ！　大は鉱山や鉄道から、小はテーブルや垂木に至るまで、興安嶺と何の関係もないといえる建設などあるだろうか？

こう考えると、「親しみ」を感じるのも当然だ。それゆえ、興安嶺は、見れば見るほどいとしさを感じる。そう、変わった形の山や峰を見て美しさを感じるのは、驚きと好奇心によるものだ。興安嶺に感じるいとしさは、そういう空虚な美しさに基づくものではない。その見渡す限りの永遠の緑は、建物や良材と関係しているのである。その美しさが建設と一体となっているからこそ、称賛以外に温かさや親しみを感じるのである。

おや、美学の問題になってしまったか？　そうであっても、美と実用価値を関連させることは必ずしも悪いことではないと私は思う。私は興安嶺を愛しているが、興安嶺と私たちの生活の緊密な関係をより愛している。その美しさは孤立したものではなく、私たちの建設と分けることはできないのだ。それゆえ、千里を遠しとせずにやってきた客は興安嶺を愛護し、興安嶺に感謝しなければならないのである。

営林機関を見学したとき、そういう親しみの気持ちが一層強くなった。木を切り材として使用するが、一方で造林し木を守るのである。左手で切り、右手で植えているのだ。宝を取るだけでなく、科学的な研究も行う。そうすれば樹海の永遠の緑を保つだけではなく、総合的に利用できる。山林の中にはかなりの町ができており、興安嶺の新たな風景となって、愉快な労働の歌を添えている。人と山の関係は日ごとに密接になっている。親しみを感じないでいられるだろうか？

最初は、なぜ興安嶺と呼ぶのかわからなかった。だが、今日来てみて、「国を興し、安んじる」という意味を含んでいることがわかった。

〈風景区〉

札蘭屯はまさに辺境の真珠だ。とても美しい！　蘇州や杭州のような明媚さも天山の万年雪のような迫力もないが、独特の風格があり、人を惑わすほどに美しい。人の手がほとんど加えられておらず、純粋に自然な山川草木だ。際立ったスポットはないが、いたるところが美麗である。石碑も、霞に煙る樹木も、変わった景観もない。純朴に、おおらかに、静かに、旅人を待つのみだ。旅人が来なくても、別に構わない。意識的に自らを飾り立て、旅人に詩を作ってもらおうとはしていない。それ自身に最も純朴な詩情があふれているのだ。

四方に小さな山があるが、奇峰もなければ、古寺もない。青空の下、静かに翡翠の環を形成している。環の中間に川が流れ、川岸のあちこちにヤナギやハクヨウが生えている。数頭のコウギュウと白い羊の群れが、頭を低くして、陽光の下、草を食べているが、牧童の姿が見えない。ヤナギの木陰で魚釣りをしているのだろうか。川岸は緑だ。山の斜面も緑だ。緑は遠くの青山まで続いている。こういう緑は夢の中でも忘れられない。人の魂を細かく染め上げるからだろう。

緑の草の中に花が咲いている。セキチク、キキョウ、名を知らぬ多くの植物が、つつましく、様々な色の花を咲かせ、いろいろな香りをたなびかせ、数えきれないほどの蝶が閑雅に、そしてせわしく舞っている。小屋も、ベンチも、必要ない。緑の草の上に座ればいい。風は涼しく、日光は暖かい。涼しさと暖かさのはざまで、目を閉じて眠りたくなる。こういうのを「陶酔」と言うのだろうか？

夕日が山に沈もうとしている。帰らなければならない。道を進んでも、いたるところ緑で草木もとても多いが、見飽きることはない。ここにソバが白い花をびっしりと咲かせている。あそこでコウリャンの赤い穂が、そよ風の中に揺れている。立ち止まって見てみよう。ありふれたものがここでは普通と違って見える。ソバとコウリャンを見て、風景のすべてに自然さと幽美さ、親しみを感じた。ほら、あの小屋の上の黄金色のウリ！　ずっと見ていても、新しさを感じるのではないか！

札蘭屯が内モンゴルにあるから、美しさを誇張しているのか？　全く違う。ここを蘇州や杭州、あるいは桂林の山水と比較するつもりはない。が、どうしても比べろというのなら、「それぞれに長所がある」というのが最も公平な答えだ。「天は蒼蒼、野は茫茫」という言葉は、ここにはふさわしくないと思えてくる。私はここで美しい景色をやみくもに宣伝しているわけではない。内モンゴルに対する不正確な見方を改めてもらいたいのだ。札蘭屯の美しさと実際の状況を知れば、「境界の外」などという言葉も使われなくなるだろうし、「八月に雪が降る、砂だらけの恐ろしい場所」というイメージもなくなるだろう。

〈一九六一年十月十三日　人民日報〉

揚州の夏の日――〈朱　自清〉

隋の煬帝の時代から、揚州は文人に称賛されている。長い間いろいろと称賛されてきたので、一般の人も声をそろえて褒めるようになった。現在でも、だれかを相手に揚州という地名を口にすると、うなずいて「いいところだ！　いいところだ！」と言うだろう。特に揚州に行ったことがなくて唐詩を読んだことのある人にとっては、揚州は蜃気楼のように美しいのである。「揚州画舫録」の類を読んだことのある人なら、なおさらだ。だが、私のように久しく揚州に住んでいる人間なら、そんなに美しい幻想は持たない。「いやなところだ」と思う気持ちのほうが、「いいところだ」と思う気持ちより強い。三、四年離れていても、揚州を思うことはないだろう。思うとすれば、女性だ。揚州の女性は有名なようだが、それは現在の女性ではないのではないか。揚州の夏の日を思うかもしれないが、それも女性と関係がないわけではない。

私の見るところ、北方と南方の大きな違いは、北方には水がないが南方には水があることだ。確かに、北方は今年大雨が降り、永定河や大清河の堤防が決壊した。が、だからといって、水があるとは言えない。北平（北京の旧称）の三海と頤和園には水があるが、平たくて、一望して終わりだ。舟の動きも鈍い。水と言えば、やはり南方だ。揚州の夏の日は、水上で過ごすのがいい。「痩せた西湖」とも呼ばれているが、この名は「痩せ」過ぎている。「西湖のにせもの」という名のほうが、俗と雅が共存していて、いい。舟で漫遊するのは町の周囲の濠だ。ゆったりと曲がりくねって進み、平山堂（よく知られた名前）まで三、四キロほどの流れだ。ほかにも多くの支流がある。この濠は、特に素晴らしい、というわけではないが、静かに曲折しているところが、他所との違いだ。

濠沿いで一番有名なのは小金山、法海寺、五亭橋で、最も遠いのが平山堂だ。金山はよく知られている。が、小金山は濠の中央にある。そこから見る水の流れは美しく、月もきれいだが、私はまだ見たことがない。「濠を漫遊」する人の八割か九割はそこに行くので、人でごった返す。法海寺には、北海と同じような塔がある。乾隆帝が江南に下ったとき、塩を扱う商人たちが大急ぎで造らせたものだそうだ。法海寺は当然この塔が有名だが、ほかにも有名なものがある。それは豚の頭の醤油焼きだ。夏に豚の頭の醤油焼きを食べるのは、理論的には好ましくないが、実際は、汗をだらだら流しながら食べるのも悪くない。五亭橋とは、その名の通り、五つの亭を持つ橋だ。橋はアーチ形で、真ん中の亭が最も高く、両側の四つの亭とは高低のバランスがよく取れている。遠くから眺めるのが最もいいが、影を見るのもいい。橋脚の間の空洞はすこぶる多く、そこを小舟が行き来する様子は、味わい深い。

平山堂は蜀岡の上にある。堂から江南の山々の淡い輪郭を眺めると、「山色に無中あり」

という言葉の意味がよくわかる。ここは観光客がかなり少ないので、堂にゆっくり座って時間を過ごすことができる。沿路の光景も物静かだ。天寧門あるいは北門から舟に乗る。曲がりくねった城壁の影が水面に逆さに映り、小舟が悠然と進む。岸の喧騒が存在していないかのようだ。

舟には三種類ある。大きな船は宴会専用で、女給を乗せたりゲームをやったりする。子供の頃父と一緒に乗ったことがあるが、船の中でレコードを聴くことができた。今は、こういう船は少なくなっているのではないだろうか？　次に「ボート」だ。切り分けたスイカのような形で、一人の男性あるいは女性が竹ざおでこぐ。乗る人が多い場合は、二隻雇って前後を腰掛でつなぐ。これで「箱舟」になる。その後、洋式ボートが出てきた。宴会用の船よりは小さいが、「ボート」よりは大きく、上に布製の覆いをかけて日光や雨を防ぐ。洋式ボートはだんだん増え、宴会用の船はだんだん減っているが、「ボート」を雇う人は絶えない。安いし、小回りが利くからだ。客が一人で「ボート」の真ん中に座り、船頭が船尾で竹ざおでこぐ。まさに唐詩か山水画だ。自分で舟をこぎたがるもの好きな若者もいるが、それは「ボート」でないとだめだ。「ボート」は安いが、料金の違いはある。たとえば、女性、特に若い娘さんがこぐ場合は当然高くなる。これらの「ボート」をこぐ女性は、まさに「痩せた西湖の女船頭」だ。彼女たちにまつわる物語はいろいろあるが、私は多くは知らない。髪も服も質素で、自然な趣きのある女性がいいそうだ。中年の女性でも趣きがあり、悪くない。

北門外一帯は、下街と呼ばれている。「茶館」が最も多く、濠に面しているものもかなりある。舟が行くと、茶館の客と舟の客がおしゃべりをしたりする。舟の客は興が乗ると、茶館に茶や「籠に入った軽食」を注文して、水上でのんびり食べたり、しゃべったりする。帰りに湯飲みと籠を茶館に渡し、料金も払う。船頭と茶館は知り合いなので、食い逃げの心配はない。揚州の籠入り軽食はとてもすばらしい。私は揚州を離れていろいろな地方に行ったが、あんなにおいしいものは食べたことがない。まさに記憶に値する。茶館は大体いいところばかりで、名前も味わいがある。たとえば香影廊、緑楊村、紅葉山荘という名は今でも忘れられない。緑楊村の布看板は緑のハコヤナギに掛けられ、風になびいていたが、「緑楊の城郭これ揚州なり」という名句を思い起こさせるものだった。中には小さな池や竹藪、あずまやがあり、ひっそりとした雰囲気だった。この一帯の茶館はふぞろいで装飾が風趣に富み、上海や北京の真四角なものとは全く異なる。

「濠を漫遊」するのは、午後がいい。夕方に戻り、靄の中を岸に上がって、袖をまくり上げた手で扇子をかすかに動かす。そうして北門もしくは天寧門から歩いて家に帰る。「又得たり浮生半日の閑」と吟じながら。

〈一九二九年十二月十一日「白樺旬刊」第四期〉

北戴河、浜辺の幻想――〈徐　志摩〉

彼らはみな海辺に行った。左目の炎症のため私は行かなかった。一人で建物の前に座っていた。大きくて快適な椅子にもたれて座り、胸をあらわにし、はだしで、風に髪をなびかせていた。朝の陽光で完全に目が覚めたわけではない。だが、暁の風で、夢は半分ほど覚めた。目を閉じていると瞼に、天と地が交わるところに張り付いていた夕焼けの赤褐色が、浮かんできた。建物の前のネムノキやハナズオウ、フジの翡翠色の葉と真っ赤な花は、その美しい影を水際に落とし、優美な雰囲気を醸し出していた。私の腕と胸には緑の影が斜めに映っていた。樹木の隙間からは、海が見えた。朝の陽ざしに呼び覚まされたのか、黄色と青の光の中で、波は楽しそうに踊っていた。渚では、雪のような水しぶきがいつも飛び散っていた。区域の中に何人かの海水浴客とボートが、水鳥のように浮いていた。小さな子供の歓声と波が岸を打つ音、そして潜っていく音が、互い違いに起こり、渚に趣きと楽しみをもたらしていた。だが、私が座っていた建物の前は静かで、物音一つしなかった。あでやかなネムノキはかすかに揺れるだけで、虫も羽をたたんで飛ばなかった。遠近の樹木にいるセミだけが、糸をつむぐように鳴いているだけだった。

セミの鳴き声の中で、私は一人で瞑想した。得がたいほどの寂寞とした環境で、得がたいほどの落ち着いた気持ちになった。寂寞の中に言葉では伝えられないほどの調和があり、静寂の中に無限の創造がある。私の心に渦巻いていた潮は徐々に姿を消し、ふんわりとした浜辺の砂に響きを残すだけになった。欠けた貝殻に映る星や月の輝きのように。潮の痕跡を探し、滔々たる情景を追想しても、夢だったのかうつつだったのかわからない。眉じりのかすかなしわと口もとの微笑が、十分に気持ちの深みを説明している。それは魂の細かなあやに織り込まれているのだ。

青年は永遠に反発し、冒険を好む。初めて海に出た者のごとく、広々とした水面の向こうに黄金のまぼろしを見る。岸につなぐロープを断ち切り、帆を揚げて、嬉々として果てなきものに身を投じる。平安を嫌い、放縦と豪放を喜ぶ。色のない生涯はいばらだ。滔々たる絶海を越えて、自由を追い求めるのである。色香と冷酷なとげのゆえに、バラを愛する。荘厳さと偉大さ、すべてを飲み込むスケールの大きさゆえに、荒波へと向かう。探検と好奇心がその動機だ。彼は衝動を崇拝する。はかり知ることのできない暴風のような瞬間と神秘を崇拝するのだ。彼は闘争を崇拝する。闘争の中に激烈な生命の意味と絶対的な実在を求めるのだ。血に染まった戦陣の中、勝利に狂喜し敗北に悲しむのである。

幻影の消滅は人生で定められた悲劇だ。特に青年のそれは、悲劇の中の悲劇で、夜のように漆黒で、死のように凶悪だ。純粋で凶暴な情熱の火は、アラビアの魔法のランプとは違って、異彩を放つのは一度だけ。永久に輝くことなど、ありはしない。あっという間に炎は消え、燃えかすと灰を残すのみ。余熱の中で自らを慰めるだけだ。

流水の光、星の光、露のしずくの光、稲妻の光は、青年の美しい目の中できらめき、輝く。造物主の芸術のすばらしさに目を見張らざるを得ない。だが、恐るべき黒い影が、疲れと衰えと飽きの黒い影が、同時に跡を追ってくる。あたかも悩みと苦しみ、失敗と俗悪の尾が、まるで彗星の尾のように、われわれの誇るべき輝きを瞬時に消してしまうように。流水は涸れ、星は落ち、露は消え、稲妻はもう光らない！

この鮮やかな陽光の中には、喜びと悲しみと希望しかない。希望は輝きながら揺れている。広々とした青空の中に。緑の葉のきらめきの中に。虫や鳥の歌声の中に。風になびく草の中に。夏の栄華と春の成功。春の光と希望は長くとどまり、自然と人生はなごみ合う。

遠くの幸せそうな山谷では、坂の前で花が微笑み、子羊が石の間を飛び跳ね、牧童たちはアシ笛を吹いたり、草の上に寝そべって、まぼろしのように浮かぶ白い雲を眺めたりしている。その雲の影は、黄色くなりかけた稲田の中をかすかにうつろっていく。遠くの安らかな村では、妙齢の村娘が、自分で作った春のスカートを谷川の流れに映している。キセルをくわえた農夫が三、四人、秋の実りについて語らい、おばあさんたちはドアの外で日向ぼっこをしている。そのまわりでは、子供たちが大勢黄色い花を手に持って歌い、踊っているのだ。

遠いところには、無限の平安と快楽があり、無限の春の光がある。

無数の落ちたしべも散り残った花も、ここではしばし忘れることができる。花の蔭に落ちた枯葉の秋のささやきも、ここでは忘れることができる。苦しみにこわばったこの世も、忘れることができる。陽光と雨露が何度も訪れても、この世に生命の微笑をよみがえらせることはできないのだ。争いの中で殺し合いを続けるこの世も、忘れることができる。陽光と雨露が慈悲をもたらしても、その凶悪な性質を感化することはできないのだ。低俗なこの世も忘れることができる。行く雲と朝の露の豊かな姿も、世の人は一顧だにしない。失望に満ちたこの世も、忘れることができる。絢爛たる春のあでやかな花も、世の人の悲しみを刺激するだけなのだ。

私自身の様々なことも、忘れることができる。天真爛漫だった幼い頃を忘れ、虚栄心と希望に満ちていた少年時代を忘れ、生命への目覚めを忘れ、熱烈たる理想の追求を忘れ、心の中の楽観と悲観の戦いを忘れる。苦労して文芸の世界の高みへと登っていったことを忘れ、刹那の啓示と大悟を忘れ、生命の潮流の変転を忘れ、危険な渦に落ちた時の幸と不幸を忘れ、見果てぬ夢を忘れる。大海の底に隠した秘密を忘れ、かつて魂を切り裂いたナイフを忘れ、魂を焼き尽くした烈火を忘れ、魂を打ち砕いた狂風と大雨を忘れる。深い恨みを忘れ、願いと望みを忘れ、恩と恵を忘れ、過去と現在を忘れる……。

過去の実在は、徐々に膨らみ、徐々にぼやけ、徐々に見分けがつかなくなる。現在の実在は、徐々に小さくなり、か細い一筋の糸となって、無数の黒い点に分裂する。黒い点もだんだん消えていくのか？　幻術のように消えた、消えた。残されたのは恐ろしい暗黒の空虚……。

私が過ごした端午節――〈徐　志摩〉

南口から帰ったばかりだが、とても暑い。南向きの部屋は摂氏三十度以上ある。二時間汽車に乗っていたが、まるで火の中で刑罰を受けているようで、とてもつらかった。早朝鳥がさえずり始める前に起きて、六時前にラバに乗って出発した。永陵で半時間休息したが、それ以外は午後一時過ぎまで、照りつける日光の下をずっと進んだ。家に着くころには、手足の筋肉がまるで細い麻縄で縛られたように感じ、頭の血は熱湯のようにたぎり、神経は激しく圧迫された。まるで真っ赤に焼けた無数の鉄条網で縛られたようだ……。

涼しい部屋に入るや否や、頭のてっぺんから足の先までめまいを感じ、目の前がぼんやりとしただけではなく、体も支えきれなくなった。近くの籐椅子にへたり込み、両手で高鳴る胸を押さえ、目を固く閉じていると、意識が少し遠くなった。

黄色やオリーブ色、深緑色が、疲れた目の前を映画のフィルムのようによぎった。シャワーを浴びると意識がはっきりとし、体も爽快になったので、考えた……。

人よ、恥ずかしくないのか？

野獣は自然で強く、活発で美しい。私はうらやましい。

文明とは何か？　腐敗した野獣に過ぎない。文明に慣れ切った人を捕まえて、その服や飾りをはぎ取り、偽物を作る道具（言語）を奪い、裸にして荒野に置いてみればいい。なんとみすぼらしい「畜生」か！　長い耳の小さなラバでも、軽蔑するだろう！　昼間、オオカミやトラは林の中で眠るが、人は木の下で病気になる。

夜になるとさわやかな風が樹林の中で軽妙な音楽を奏で、小鳥たちは巣の中でよき夢を見る。が、人は石の上で熱を出し、せきをする。風邪をひいたのだ！

オオカミやトラの相談を待つまでもなく、小鳥たちの嘲笑も不要だ。人がふだんたたえている陽光と涼風、慈雨と朝露で十分だ。数時間で人の脳からは金銭、名誉、経済、主義などの虚構は消え、一日か半日で人生の情感や悲喜こもごものまぼろしは消え、二、三日たてば（淘汰されていなければ、だが）文明人の醜態を克服しているだろう。二本の手を地につけて歩んでも奇妙に思わなくなるし、木によじ登って実を食べても、格好が悪いとは思わなくなる……。

ふだんは活発でかわいい野獣を見ると、猟でとって食べることを考える。文明の保障がなくなってしまったら、互いに侵犯しないことを願うだけだ。運が良ければの話だが……。

文明とは荒唐無稽な状況に過ぎず、文明人とは悲惨な現象に過ぎない。私がラバに乗って疲れたとか暑いとか言っていると、口のきけないラバひきが、手まねで自分が一日歩いた道に比べればたいして暑くはないと私に告げた。ラバひきはとても快活で、野の花を摘んだり、麦の穂を折り取ったり、笑ったり、鼻歌を歌ったりしていた。茶店に着いて氷入りのサイダーを私たちが飲んでいると、ラバひきは小川の水面に顔をくっつけて水を飲み始めた。同行者が「あんな水を飲んで、病気にならないのか。いやしいことだ！」と言っていた。

しばらくして一等車に乗り、革製の座席に座ったが、暑かったので氷水を一瓶か二瓶飲んだ。ここには扇風機がなかったが、汽車の先頭部分では、運転手や石炭をくべる係の人が、摂氏五十度の中で笑ったり話したりしている……。

畑で麦を刈っている農夫はむき出しの黒い背中をまげて、朝から八、九時間作業をしている。太陽が強烈に照りつけているが、腰がだるいとも頭が痛いとも言わない……。

人が万物の霊長であることを、あえて否定しない。が、人は万物の「淫」であると断定できる。

現代文明とは何か？　それは「淫」に過ぎない。

「淫」の代価は活力の腐敗と人道の醜悪化だ。

前面に、暗黒が大きく口を開けて待っている。時が来れば、私たちを丸ごと飲み込んでしまうだろう。

〈一九二三年六月二十四日「晨報副刊」〉

七月、よもやま話――〈郁　達夫〉

旧暦七月は、一年の中で最もいい季節だ。「涼しくなったが寒くはなっていない」ので、関連する伝説や民話の類は、とても多い。感じやすい詩人が物寂しい秋風に感慨を抱くのも、当然だ。たいして感受性の鋭くない庶民が七月を謳歌するのも、農繁期が過ぎ、気候も涼しくなって、自らの労働の成果をゆっくりと享受できるからだろう。ひでりも災いとなり、豊作も災いとなってしまう。農村が破産している現代の中国において農民が秋についてどんな感覚を抱いているかは、一つの問題かもしれない。

七月の民間伝説の中で最も詩的なのは、七夕の彦星織姫の物語だ。小泉八雲の記述によれば、日本の田舎では、七夕の晩に五色の短冊をつるした竹竿を清流に投げ入れ、水に流すという雅な習慣があるそうだ。八雲は、それに関する日本の和歌を何首か翻訳している。

次に、七月十五日の盂蘭盆会だ。この行事のもとは盂蘭盆経に記されている目連が母を救った話だろう。後世になっていろいろな活動が付け加えられたようだ。日本の田舎では、七月十五日の夜に、男女が野原で次の日の明け方まで踊る習俗があり、盆踊りと呼ばれている。私は日光や塩原などでこの行事に何度か参加したが、農民の原始的な踊りと月の下で男女がのびのびと楽しく歌っている有様に、言葉にできないほどの楽しさを感じた。これらの日本の七月の習俗が隋や唐の時代に伝わったものなのかどうかは、私は知らない。専門家の教えを請いたい。

目連が母を救った話から派生したものとしては、ほかに七月三十日の精霊流しと地蔵祀りがある。北平（北京の旧称）什刹海の北岸に寄寓していたとき、秋が来るたびに、積水潭の浄業庵のそばを歩き、王次回の「秋の夜河の灯浄業庵」という詩句を思い起こしていた。紹興にも目連に関する大規模な芝居があると聞いたが、これも紹興の農民たちの七月のレクリエーションなのだろうか？

〈「閑書」上海良友図書印刷公司（一九三六年）から〉

夏に閑居するもよし――〈張　恨水〉

新暦七月になると、重慶では火で燃やされているように暑い。今は八月になったので、秋も近づいてきて、暑さも変化を見せている。久しく住んでいた北平（北京の旧称）を思い出したが、当時は自分が恵まれていることに気づかなかった。北海、中海、南海の三つの公園を散歩せずとも、夏がないのと同じだった。自宅にいても、四合院の緑したたるエンジュの陰に身を置き、屋根に大きなパラソルをさしておけば、十分に涼しかった。身分の高い人と付き合う必要はない。私たち物書き仲間にとっては、ザクロの盆栽と金魚鉢が欠かせない。ザクロの実は杯ほどの大きさになり、ハスの葉は二、三尺の高さに育ち、皿のような緑葉となる。その周囲にいろいろな草花の鉢植えを七つか八つ置けば、さまざまな色が楽しめる。料金を払ってどこかへ見に行く必要などない。庭の白壁の塀の下を見ればいいのだ。長く置いた花があったら、花売りが毎日路地に来ているので、声をかけて交換してもらえばいい。書斎の戸には竹すだれを垂らし、窓には寒冷紗を張り付ける。そうすれば風も通すし、ハエも入ってこない。タマノカンザシと赤や白のナツズイセンの花を買い、机に置いた花瓶に挿しておけば、二、三日はかぐわしい。部屋の隅に、朱塗りの木枠が中に入った緑の洋式鉄製冷蔵庫を置いておく。二、三元の値段だ。毎月一元五角の金を払えば、氷屋が毎日天然の氷を届けてくれる。北極海の寒気と一緒に二、三キロの氷を冷蔵庫に入れる。果物好きの友人がいれば、リンゴやマクワウリを買って、冷蔵庫に入れて冷やしておけばいい。食べたい時に取り出せば、冷たくて、サクサクしていて、甘い。あるいは梅の実の燻製と白砂糖を買い、酸梅湯を作って、冷蔵庫の中で冷やす。二時か三時、エンジュの木のセミが盛んに鳴いているときに、昼寝をせずに、それを取り出し、一人が一碗飲む。一家全員、体の中まで涼しくなる。

北平では、摂氏三十度を超えるのは、ひと夏に七、八日しかない。それ以外は、部屋の中はだいたい二十五度、朝晩は二十度くらいだ。夕方に雨が降れば、夜寝るときは掛布団が要る。それゆえ物書き仲間たちは、緑の寒冷紗の下で、花の香りを楽しみ、正午以外は、肌着だけで、ゆったりと仕事をする。夜が好きな友人なら、なおさらいい。電灯の下で、ナツズイセンの香りを楽しむ。書き疲れると、路地の奥で、胡琴を奏でながら歌っている者に気づく。すだれをめくって外を眺めると、月が光り、星はまばら。さわやかな風に露が下りている。インスピレーションが湧く。

水際で銀河を見る――〈張　恨水〉

もう十年前のことだが、旧暦七月七日になると、私は北海公園でそぞろ歩きをした。一人のときもあったし、パートナーと一緒のときもあった。このパートナーが現在の誰なのか、友人たちはみんな知っている。老人は過去にあこがれる、と言われる。私はまだ老人にはなっていないが、過去の七夕の一幕にあこがれざるを得ない。

友人たちと機械室の近くの庭で夕涼みをしていた時、三日月がぼんやりと黄色く光り、重慶の街並みを照らしていた。靄の中に多くの小さな家屋が隠れていた。顔に流れる汗を拭きながら、空に広がった白い雲を見ていると、その隙間に星が光っていた。みんなギリシャ神話の次に七夕の話をし、そこから故郷の話をした。蒸し暑い空気の中で互いに交流し、私が舒鉄雲の「博望訪星」の「はるか遠くにいますが、お変わりありませんか？」、「秋のおぼろげな景色を見ると、あなたを懐かしく思います」というセリフを口に出すと、友人が「張さん、詩情がとても豊かですね」と言った。このセリフは男女間の情を表現したものだ。友人もユーモアを込めて言ったのだろう。

が、別の記憶もよみがえってきた。初秋の（北京の）北海公園は黄金のように美しい。公園の門を入り、瓊島へと向かう橋を渡っていた。水面のハスの葉を見ると、まるで平地に翡翠を積み上げたようだ。どこまでも続く暮色の中、顔を上げてコノテガシワやエンジュの大木を見ると、赤い夕焼雲の外側に深い緑の葉が目に映った。カラスが三々五々山頂のチベット式の白塔をまわり、張り出した古木の枝にある巣へ帰っていく。黄色い瑠璃瓦の建物をいくつか見ると、さまざまな時代に詩情があふれていたのだと思う。北海の東岸、エンジュの大木の下の平坦な道を一キロほど歩く。園で遊ぶ人は船で湖を渡るので、ここを歩く人は少ない。エンジュの木のセミの鳴き声に続き、薄暗い木陰や築山の下で秋の虫が鳴き始めた。道にはほこりが全くない。夜風が黄色くなり始めたエンジュの葉を、何枚かこっそり吹き落とす。林の奥に、人が二、三人いた。私たちは孤独ではなかった。

ぐるりとまわって北岸にたどり着くと、にぎやかだ。湖沿いの建物の前はすべて茶店で、人でいっぱいだ。目の前の湖水を見ると、ハスの葉の緑が敷き詰められ、その中間に開いた水路にボートが揺れている。笑い声、オールの音、皿の音、サイダーの瓶を開ける音が入り混じっている。あちこちうろうろして、小西天の五竜亭の第五亭の近くに行き、茶店を見つけた。ここは観光客は少ない。座席の前にハスの葉が茂り、たまたま花が二つきれいに咲いていた。群生するアシが足元までみごとに広がっていた。苦い茶を二杯飲むと、月が銀の櫛のように水面に映っているのに気づいた。銀河の影はやや深く、無数の星が両岸に輝いていた。彦星と織姫はどこなのか、見上げて探した。座って、見上げて、低い声で話をした。夜は水のように涼しく、湖の風に耐えられなかったので、パートナーは毛糸のチョッキを着た。はやく湖を渡ろう。急いでボートに乗った。月が落ちて、銀河が明るくなり、星がハスの花を照らしている。静かでかぐわしい世界の中、湖面を五百メートルほど進んだ。竹のオールがハスの葉に当たる音が耳に入ってきた。

私たちはこんな境地を味わった。どうやって子孫に残せばよいのか？

夏の夜（一）――〈蕭　紅〉

汪林さんは庭の真ん中で長い間座っていた。小さな犬が彼女の足元で眠っていた。

「あなたはどう？　私は腕が痛いわ」

「声を小さくしてよ。母に聞こえるわ」

私が顔を上げて見ると、彼女のお母さんが窓のカーテンの近くにいたので、話題を代えた。川でボートをこいで「太陽島」まで水浴に行ったことを、汪林さんはお母さんに隠していたのだ。

次の日、彼女は再び水浴に行った。私たち三人でボートを一隻借り、川でこいだ。涼しい水のにおいがした。郎華さんと私は歌い始めた。汪林さんは私たち二人よりも高らかに歌った。ボートが飛ぶように浮かんでいた。

日が暮れて、また庭の真ん中で涼んだ。オールをこいだので、私は腕が痛くなった。頭が膨らんだような気がした。恋愛とか、誰の彼氏がどうしたとか、誰が結婚するとか、ダンスとか、そういう話を聞く気がなくなった。ただ眠かった。

「二人で話していたらどう？　私は寝るわ」と、私は彼女と郎華さんに告げた。

足元で眠っていた小さな犬をうっかり踏んでしまったので、犬はワンワンほえた。私はドアを閉めた。

最も暑かった数日間、ほとんど毎日水浴に行ったので、私は夜は早く寝た。郎華さんと汪林さんは夜の庭に残っていた。

ベッドに横たわると、私はすべて忘れた。汪林さんの赤い唇や少女らしい悩みなども。郎華さんがいつ部屋に戻って寝たのか、私はわからなかった。そうして数日が過ぎた。

「汪林さんは僕に親しくしてくれる」と郎華さんが言った。

「何のこと?」と私は答えた。

「君、わからないの?」

「わからないわ」。実は、私はわかっていた。貧乏な家庭教師に、あんなに美しくてお金持ちの女性が親しくする。

「彼女に率直に言ったんだ。僕たちは愛し合うことはできないと。僕には君がいるし、汪林さんと僕は立場が違いすぎる。冷静になったほうがいいって」。郎華さんは私に言った。

また川にボートをこぎに行った。その日は、三人増えた。汪林さんもいた。全部で六人だった。陳成さんとその彼女、郎華さんと私、汪林さん、そして友人の男性編集者。

川べりに停泊していた数隻のボートは落ち葉のように揺れていた。私たち四人が同じボートに乗った。当然、汪林さんと少し太った編集者を残して。その二人は堤の上に立っていた。もともと二人は知り合いではなかったので、わざと二人をカップルで残しておいたのだ。私たちのボートは岸を離れた。

「ひどいわ！　ひどいわ！」。汪林さんは叫んでいた。

何が「ひどい」のだろう？　男性編集者がよき「水夫」になってくれるのではないか。彼女のために、喜んでボートをこぐだろう。汪林さんは私ととても仲がいいので、私と同じボートに乗りたかったのかもしれない。ボートが遠くまで進み、川岸の声が聞こえなくなった。人影も見えなくなった。

水の音、波の音、郎華さんと陳成さんが声を合わせて歌っている。あちこちのボートに女性用の日傘が見える。幸福のボート！　川には幸福のボートがいっぱいだ。川には幸福がいっぱいだ！　この世にも、川岸にも、罪悪などない！

汪林さんの叫び声が聞こえなくなった。彼らのボートは遠いところにあるのだろう。

郎華さんは、わざとしぶきが私の顔にかかるようにオールを動かした。ボートの速度はだんだん遅くなっていったが、郎華さんと陳成さんは汗だくになっていた。オールが川の真ん中の砂浜にあたり、ボートは浅瀬に乗り上げた。二人の勇敢な男は大きな魚のように川に飛び込み、ボートを引っ張った。

入り江の中なら、どこにボートをとめてもいいのだ。

私は川に入り、頭を水の上に持ち上げて浮かぼうとした。浮いているように見えたが、実際は手で川底の砂をつかんでいた。ワニのように、手足ではうように浮かんでいた。ボートが近づき、汪林さんの声が聞こえた。彼女はすばやく服を脱ぎ、私みたいに川底をはうような格好をした。が、彼女は快活で、とても楽しんでいた。砂浜でころがり、仲がよくなったようだった。彼女は、同じボートに乗っていた男性編集者に日傘を差しかけ、太陽から守っていた。陳成さんが彼に少し砂をかけて、「やったね！」と言った。

汪林さんと陵さん（その編集者の名前）は一緒になって、砂をかけ返した。

私たちのボートが入り江を出て川の流れに戻ったとき、汪林さんと陵さんはまだ砂浜を歩いていた。「あなたたち、先に行って！」と汪林さんが言った。

川面の太陽の熱は、減り始めた。ボートは水の流れに沿って進んでいった。汪林さんたちはまだ来ない。かなりのボートが通り、かなりの日傘を見たが、汪林さんの日傘は見ていない。太陽が西に沈むと、川風が強くなり、波も高くなる。私たちは少し心配になった。迷ったのではないかと、誰かが言った。

四人が岸で「迷いボート」を待っていると、なんと二人のボートは入り江を迂回して、上流からやってきた。

汪林さんはもう「ひどいわ」とは叫ばなかった。風が彼女の髪に吹き、とてもうれしそうだった。今日のボート遊びでは、私たちよりはるかに楽しんだだろう。

朝、新聞を見ると、なんとその編集者が詩を書いていた。「風よ、ボートを転覆させてくれ、僕は美人と一緒に川底に沈みたい」というものだった。

汪林さんと郎華さんは、夜はあまり話さなくなった。陵さんが来ると、汪林さんも私たちのところに来た。それゆえ、陵さんは頻繁に来るようになった。

「早めに行って、いっぱい遊びましょう。街角で私を待っててね」という類の話を、汪林さんは私たちにしなくなった。彼女は、私たちと一緒に「太陽島」に行く必要がなくなった。

「人の血を吸う」女の子と街を歩いたり、映画館でデートしたりするのを、陵さんは恐れなかった。恐れることなどない。赤い唇にキスでもしているのだろう。彼女の唇は血と同じようにいとしいから。

汪林さんのハイヒールと陵さんのぴかぴかの革靴の音が、街で響き合っている。

夏の夜（二）――〈蕭　紅〉

漆黒に茂った林が、天のかなたで静止していた。夏の夜の青い空、青い夜だ。夏の夜に茅葺のひさしの下に座っていた。ひさしには雀が巣を作り、塀の向こうに北山の静かに茂った林が見えた。林の向こう側には月が出ているのだろう。

虫の音だろうか、様々な夜の服をまとった霊のような生命が声を上げていた。塀の外には小川が流れ、水の音が気持ちよく響いていた。菱さんは北側の窓の下でずっと話していた。涙が夜露となって流れていた。彼女は花に寄りかかり、その影が壁に映っていた。まるで彼女がハスの葉の上で眠っているように見えたので、冗談で「ハスのお嬢さん、どうしたの？」と言ってみた。

彼女がやってきて私をたたくようなしぐさをし、口で何か言っていた。彼女が寄りかかっていた花は、すぐにゆらゆら揺れ始めた。私たち二人は同じように不幸なんだ、と私は思った。

「どうしてまだ眠らないんだい？　何をくどくど話しているの？　もう遅いから、早く床にはいって寝なさい」

祖母が竹のすだれから頭を出して言って、また頭をひっこめた。ぼんやりとした空の下、祖母の白い寝巻が見えた。闇夜にあちこち巡視している猫のようだ。

菱さんは二十七歳だ。ずっと青春を胸に閉じ込めてきたが、閉じ込めきれなくなってきたようだ。どうして憂いを感じないでいられようか？　楽しさを感じることができようか？　顔色もだんだん黄色くなってきた。

彼女はいつも私の祖母を遠ざけ、時間があれば私とだけ話をしたり、庭を散歩したりする。

「萍ちゃん、あなたのおばあさん、私たちが何を話しているか気にしているみたいよ。いつも私たちに注意を向けている」

「萍ちゃんは学校に行っていたから、私みたいにずっと家にいる者よりいろいろなことを知っているはずよ。どうしてもっと勇気を持たないの？　私だったら、とっくに逃げ出しているわ！　耐えられないわ。工場で仕事をしたって、食べていけるんじゃないの」

「隣村の李正さんの二人の息子は、馬賊になったそうよ。お金のためかしら……」

祖母がフクロウのように、突然私たちの背後に現れ、まるでフクロウのはばたきのように叫んだ。

「ちょっと、なんて話をしてるの！　菱ちゃん、あなたは恥知らずね」。祖母は唾を飛ばして、言った。「萍ちゃんは何とかいう党に入ったけど、あなたもまねるなんて、年を考えたら？　娘さんらしいところがないわね！　男の学生と一緒にいるなんて！　萍ちゃんのお父さんが、どうして今萍ちゃんを学校に行かせていないのか、知ってる？　学校に行かせたらもっと悪くなって、しつけができなくなるからよ！」

私はいつものように壁の下で泣いたが、これを見て祖母はさらに怒り、目をこぼれ落ちそうなくらい大きく見開き、私のほうに顔を向けて罵った。銀のかんざしが光っていた。

「あなたは家の名を汚したのよ。この家には、あなたみたいな女の子は今までいなかったわ」と叫んだ。寝床へ入っていくときも「面汚しだ」と言っていた。その晩、菱さんは寝床で、「今は話すのはやめましょう。おばあさんに聞かれちゃうわ」と小声で言った。

菱さんは田舎の人で、暖かい心と聡明な頭を持っていたが、環境は良くなかった。

「どんな人と結婚するのがいいかしら？」と、いつも私に尋ねた。

「いつ結婚しようかしら？　結婚したらどんな生活を送ろうかな？　自分の仕事を持ちたいわ。工場に行きたい」とも言った。

その夜、私はどうしても寝つけなかった。菱さんの話を何度も思い返した。家に腐敗した老婆がいるので、菱さんは圧迫を受けている。工場には歯車があって、その歯車はより厳しく圧迫することを、彼女は知らない。

長いオンドルの上で、祖母が一番いいところに寝て、菱さんがその隣り、私が一番端に寝た。一晩中寝返りを打っていた。蒸籠の中で寝ているようだった。窓の外の虫の音と山上の林を吹く風の音がまじりあって、竹のすだれの中へ入ってきた。夜のすべての音が聞こえた。今夜、私は蒸籠で蒸され、すべてを忘れた！

明け方になると、馬が前庭でいななき、犬が目を覚まして体中の毛を震わせていた。砲手たちと夜の防備をしていた人たちが眠りにつく頃だ。夜中も、この多難な村の夏を防備しなければならないのだ。今、彼らは眠りにつく。庭にいるのは、犬と馬とニワトリとアヒルだけだ。

まさにこの日の朝、馬賊が来たといううわさが流れた。李正さんの息子だという人もいた。
祖母は仏壇の前にひざまずき、「仏様、お守りください」と祈った。
私は仏壇のそばに立ち、「私が守るわ」と言った。
菱さんが笑いをこらえていた。
門を開くと、政府の軍だった。馬賊ではなかった。
〈一九三四年三月六、七日　ハルビン「国際協報」副刊「国際公園」〉

夏の讃歌――〈盧　隠〉

汗をかくのはそんなに悪くない。全身がさわやかになる。とくに汗をかいた後シャワーを浴びれば、たまらなく気持ちいい。この一点で、私は夏をほめたたえる。

長い間圧迫されて苦しみながらも平然と日々を過ごすのは、無意味な生活ではない。春になると人は眠くなり、手足から力が抜ける。アルコールの毒に当たったみたいで、元気が出ない。秋はとてもさわやかで気持ちがよく、この世にラクダがいることを忘れてしまう。ラクダと言えば、あの凹凸のあるこぶと文句も言わずにのろのろ前に進む姿を思い出す。冬の風や雪は厳しいが、頭は圧迫を受けない。夏だけが、いたるところで人を圧迫する。毛穴や神経までも押さえつけるのである。同時に、カやハエなどの虫が四方から攻めてくる。こういう極度に緊張した夏の生活が、人を堅固で力のある生物に鍛錬するのだ。それゆえ、私は夏をほめたたえざるを得ない！

二十世紀の人類は、まさにこういう「夏の生活」を送っている。少数の階級が自然を超越し、「四季春のごとき」生活を送っているといっても、すぐ終わってしまうだろう。時代の歯車が、こういう特殊な階級を粉砕してしまうだろう！　夏の生活は極度に厳しく、緊張を強いるものなので、人類は必死にもがかなければならない。特に私たちの中国においては、「士農工商軍」のすべてが喘ぎながら汗をかき、圧迫と必死に戦っている。それを呪う弱い人もいるかもしれない。だが、私は敬虔な気持ちでそれを受け入れる。できる限り汗をかき、できる限り生命の力を振り絞る。最後に私たちの汗は、慈雨の源泉となり、炎のように人を脅かす夏は、尽きせぬ慈雨によって滅ぼされ、世界は清らかでさわやかになるのだ。

夏は人類の生活の中で、最も雄大で壮烈な一段階だ。それゆえ、私は永遠に夏をほめたたえる。

家　主──〈盧　隠〉

私たちは山かごの中に座っていたが、険しい山道からわりと平坦な道に出ると、担いでいた人夫が「ハイ!」と言った。「到着した」ということだ。山かごに座っていた私たちもほっと一息ついたが、これも「やっと着いた」ということだった。長時間の揺れと恐怖で疲れきっていたのだ!　山かごはある山の斜面でとまったのだが、そこには三階建ての中国風西洋建築があった。それは高めの平屋建てと同じくらいの高さだったので、側面から見れば、西洋建築だとは誰も思わないだろう。だが正面から見ると、七十センチくらいの幅の渡り廊下があったので、借り手である私たちは満足した。それに建物の向かいには、多くの連山がそびえていた。朝の光が雲の間から射してくると、ベッドの中からでも真っ赤な朝焼けが見える。太陽が山の背後をゆっくりと上がり、霧が晴れ雲が消えると、色鮮やかな陽光が広がる。朝のさわやかな空気がすがすがしいそよ風となって髪をなで、ふんわりとした気持ちになる。「列子は風に御す」ほどではないが。月夜は、言葉にできないほどすばらしい。淡い青色の月光が、深緑色の山並みに映え、翡翠色の色彩をかもし出すが、えもいわれぬ美しさで、夜も眠れなくなる。

こういう清らかで美しいところに、都会のガスや煙ですすけた私たちのような人間が滞在していると、引け目を感じてしまう。私たちの外面は田舎の人に似ており、都会から田舎に来た人はいろいろなことを知っているように思ってはいる。だが、少なくとも田舎の人のほうが私たちよりも自然にはるかに近く、心もはるかにきれいだ。私たちの滞在する家屋の家主も、見た目はとても質朴だが、いろいろなことを知っているように思い込んでいる私たちよりも、さまざまなことを知っていた。自然の趣きについて毎日話している私たちよりも、はるかに自然だった。

しかし、彼女は美人ではなかった。田舎の人特有の赤褐色の肌をしており、おまけに首の左側におわんぐらいの大きさのこぶがあった。初めて彼女に会ったとき、こぶのことを不快に思ったが、「足るを知っている」ような楽しげな表情にはよい印象を持った。もし彼女が私にこぶのない首の右側を向けていたら、かえっていやな気分がしただろう。彼女は五十八歳で、ご主人は一つ年下だったが、そういう高齢の人には無理ではないかと思われるような仕事をしていた。息子が一人で、男の孫が三人、女の孫が一人いた。息子の嫁は精悍な婦人で、足の筋肉は盛り上がり、丈夫で元気だった。朝から晩まで外に出ていた。朝五時に畑に行って作業をし、夕方になると、数十キロの柴を担いで家に帰ってきた。その柴の上にななめに菅笠をかけ、私たちの滞在している家の庭に来ると、柴をのせた天秤棒をもう一方の肩にもちかえ、ほほえんで「晩ごはんはすみましたか?」と尋ねた。そのとき、この若奥さんはとてものびのびしていると思った。畑に麦の種をまき、サツマイモの苗を植える。軽やかな風が労働の汗を乾かし、かすかな草の香りが、ひとしきりたなびく。時々かわいいヒバリが、山並みの松の木の枝で美しい曲を歌っている。実に楽しそうだ! 小鳥たちのほうを一目見る間に、手は知らないうちに多くの苗を植えている。彼女たちの家に時計はなく、誰も腕時計をつけていない。曇りや雨でなかったら、太陽が頭の上に来ると正午だと知り、私たちに「お客さん、今十二時ですよ」と声をかけてくれる。彼女習慣的に、仕事時間には一定の決まりがあるようだ。

都会には、毎朝五時に起きる人などいないだろう。しかしこの山には、八時まで寝ている人はいない。不思議な話だが、都会にいたとき、私はふだん八時に起きていた。しかしここに滞在している今は六時前に起きており、しかもそれがとても楽しい。朝日がまだ出ぬ空と陽光にいまだ照らされていない山並みは、実に趣きがあるからだ。もっと不思議なのは、山間に変幻する雲と霧だ。雲と霧が立ちこめ、人さえ見えないことがある。広がった白い雲の奥深くに、隠れている感じだ。しかし、あっという間に、風が吹いて雲を動かし、薄絹で覆われたような青山が姿を見せる。

時折二つの峰の間に雲が湧き上がって空を覆い、陽光が暗くなって小雨混じりの風が吹き、涼しさが押し寄せる。猛暑の時期の天気とはとても思えない。かつて古人の「名山に採薬し、精舎に読書す。この計いずれの時に成る」という言葉を読んだ時、これは望んでも味わえない境地だとがっかりしたことがある。が、なんと今日その境地を味わっているのだ。実に楽しいことだ！　それに加えて、愛すべき家主は、夕方山を下りてから、岩の上に座って多くの面白いことを私たちに話してくれる。農家の楽しみは神仙に劣らないと、私たちは想像した。

家主のご主人は、とてもまじめないい人で、毎日働きに出る。が、畑に種をまくのではなく、村の人の家屋を修繕している。修繕の依頼がないときは、菅笠をかぶり、オスとメスの牛を水のある草地に引っぱっていって松の枝にロープでつなぐ。草地にニコニコしながら座って、孫がカエルを捕まえるのを見ているのである。

しばらくすると炊煙が林の中からたなびき、西の空が赤くなり、孫が二人塾から飛び跳ねながら帰ってくる。女性家主が坂の上で「おじいちゃん、ごはんだよ！」と叫ぶ。おじいちゃんは「今行く！」と答えて、ゆっくりと草地から立ち上がり、牛をつないでいるロープを解いて、のんびり帰ってくる。女性家主は部屋の真ん中に丸いテーブルを置き、ほかほかのナス料理と漬物、クラゲ料理と魚の塩漬け、干し魚の煮込みなどを並べる。このとき息子の嫁は七、八ヶ月の娘を抱いて乳をやり、息子の頭をなでている。夕食が終わると子供たちの足を洗ってやり、みんな庭に座って世間話をするのである。私たちが階上の手すりのところから見ていると、女性家主はニコニコして「お客さん、暑いのがいやだったら、ドアを開けたまま寝ればいいです」と言った。私が「こわいです。泥棒が来たらどうするのですか？　石積みの小さな塀があるだけじゃないですか」と言うと、彼女は「お客さん、大丈夫ですよ。ここには泥棒はいません。いつも服を洗うと庭に干しますが、風で外に吹き飛ばされても、誰も持っていったりしません。犬も二匹います。渡り廊下の両端をしっかりと閉めておけば、大丈夫です！」と言った。女性家主のこの話を聞いて、私が思わず感心して「村の人は実直ですね。都会だったら、庭を開けっ放しでは、不安で眠れません」と言うと、女性家主はうれしそうに「田舎者には何の能力もありませんが、みんな正直です。村全体が家族のようなものなので、みんなお互いに知っています。泥棒なんかしたら、もう住めませんよ」と言った。私は思わずため息をついて、驚きを禁じ得なかった。田舎に生まれなかったことをうらんだ。こういう天真爛漫な話を聞いて、田舎に生まれなかった。私たちの学校ではよく物がなくなる！　毎日薄氷を踏む思いで汗をかき、知恵を絞って人に対処する。何の楽しみもない人生だ！

　女性家主は、毎日時間ができると、私たちと世間話をした。勉強し字が読める私たちをうらやんでいるようだった。頭がいいと、私たちをよく賞賛した。孫を二人毎日勉強に行かせているという話をした時、誇らしげな表情になった。現在、字が読めるからと言って、農村の人より見込みがあるとは限らない。彼女はそれを知らないようだった。私たちの家主は、紺色の古い服を着て、質素な家具を使い、コマツナやダイコン、サツマイモを混ぜたご飯を食べている。私たちのように絹の服を着て、ビルディングに住み、おいしい料理を食べている都会人と比べると、大きな開きがある。だが、立場を考えればどうか。私たちは今日が終われば明日を心配し、今年が終われば来年を心配しなければならない。考え過ぎて顔中が小じわだらけになり、老人でもないのに白髪混じりだ。彼女の家には数百アールの田があり、豊作のときは一万リットルの米がとれるという。自分たちで食べる分を差し引いても半分ほど残り、相当な金額になる。このほかに野菜畑もあり、ダイコン、ハクサイ、ナスなどもとれる。また数十アールにわたってサツマイモを植え、豚、牛、羊、鶏も飼っている。自分たちが住む家屋のほかに、夏に避暑客に貸す家屋もあり、家賃収入も相当だ。メンドリが毎日卵を一個産み、乳牛が毎日四、五瓶の牛乳を出す。自分たちが食べる物はすべて自分たちが作ったもので、金はどんどん貯まるが、ほとんど使うことはない。毎日のびのびと仕事をし、心配事のない生活を送っているのである。彼らは「見た目は悪くても中身がある」が、私たちは「見た目はいいが中身がない」だ。学校が二ヶ月給料をくれなければ、質屋に行かなければならない。外面は格好をつけても、心配が絶えないのである。

私たちの家主は本当に幸せな人で、もうすぐ六十歳なのに、四十数歳にしか見えない。夜明けに起きて、一家の食事を作る。朝ごはんを食べると、息子が村の市場に商売に行き、息子の嫁と夫はそれぞれ仕事に出る。彼女自身は一番小さな孫をおんぶして、大きな二人の孫を塾に送り出し、帰ったら庭を片付けてメス豚にえさをやる。一日中忙しくしているが、笑顔を絶やさない。三番目の孫をあやす時は、掘り出したばかりのサツマイモの切れ端を渡す。その子は洗濯石の上にしゃがんで、ニコニコしながら食べている。暇になると、おんぶしている孫を下ろして抱っこし、庭に座ってあやしている。

ある日の夜、月の光が山全体を照らし、濃緑の樹木と山は淡い銀の光に映えて、まるで碧玉の世界だった。家主は私たちに一緒に裏山に登ろうと言った。そこから福州が見えると言うのである。そそり立つ岩をいくつか越えると、草地に出た。きれいな洋式家屋が二棟建っていた。風が吹いて松の木々が揺れ、東のほうを見ると明かりがちらちらしていたが、それが福州だった。福州の町は狭く、民家が密集し、霧に覆われていた。私たちがいる海近くの山とは、天地の違いだった。福州を見て、重なる岩のところから北へ山道を歩いていると、月光の下、遠いところに塔が立っていた。家主はそれを指差しながら言った。

「お客さん。あそこに塔が見えるでしょう。面白い言い伝えがあるんです。あの塔の下に『娘の洞』という洞穴があって、昔十七、八歳のとてもきれいな仙女が住んでいたんです。ある貴公子がそのそばを通ると、魂を奪われて病気で倒れてしまったので、みんな怖がって近づかなくなりました。ある時、私たちの村の十九歳の男性が仕事を終えて洞穴のそばを通ると、急に寒気を感じて、家に帰ると倒れてしまいました。そして、娘さんが閨に俺を招いている、閨はまるで天宮のようだ、としきりにつぶやくのです。その後、その家の次男と三男もそこに行ってしまったそうです。魔物がついたと思ったその家の人々は、道士を呼んで何とかしてもらおうとしました。最初は十数人の道士がまじないをしましたが、効果はありませんでした。二回目は二十数人の道士がやってきて、槍をぶち込み、やっと男性の魂が帰ってきたのです！　このことが伝わると、誰も『娘の洞』の近くを通らなくなりました。でも二年前外国人が二人来て、『娘の洞』のあたりの土地を買い、大きな別荘を建てたのです。不思議なことに、それ以降『娘の洞』の事件は起こらなくなりました。中国の神仙も外国の悪魔が怖いのでしょうか。今はそのあたりはにぎやかになり、まったく怖くないです」

家主はこの話を終えると、何を思い出したのか、私に「宗教を信じる人は、霊魂を信じないそうですね。お客さんのように勉強をしておられる方は霊魂があるかないかご存じでしょう」と言った。

私は、しばしの沈黙の後、答えた。「あるかもしれませんが、私は見たことがありません。でも現実の世界以外にも、別の世界があると思います。その世界が霊魂の世界かもしれません。私たちは精神の世界と言っていますが……」

「わあ！　勉強されている方は違いますね。でも精神の世界って何ですか？　霊魂と同じなんですか？」

そう問われ、私は思わず笑った。こういう抽象的なことを天真爛漫な農民に話した自分のぼんやりさがおかしかった。どう答えようかあれこれ考えたが、ややこしい話をするのがいやだったので、「そうです。霊魂と似たようなものです」とささやいた。

この奥深い問題は、もう話したくない。無理な解釈をするのがいやだったし、私自身よくわからないからだ。そこで私は彼女の孫をさして「福々しいお顔ですね。おいくつですか？」と尋ねた。それを聞くと、家主はうれしそうに、「今年九歳です。もう結婚しています。妻は今年十歳です」と答えた。そして二番目の孫をさして「この子は今年六歳ですが、もうすぐ結婚します。妻は一つ上の七歳です。家の吉凶の関係で、妻が夫より一つ上なのです。私も夫より一つ上だし、姑も舅より一つ上です。私たちの村では、たいていは嫁が婿より年がかなり上です。そのほうが仕事ができますから。私の家では一つ上なだけですが、これは珍しいです」

「わあ！　おばさん、幸せですね。お孫さんの結婚まで決まっているのですか」と私はぎこちなく言った。私は不思議に思った。この二人の子供を見ていると、丸くて黒い目で祖母を眺めているだけだが、こんな何もわからない子供に妻がいる。まさに不可思議だ。いろいろな洗礼を受けた頭に、これらの未来の夫妻に関する不安が浮かんだ。共同生活ができるのか？　不幸な運命が訪れないだろうか？　だが、私たちの家主はさっぱりとした表情だった。次の世代の人のためによい事をしたと思っているようだった。

ヒヨコの群れの鳴き声が聞こえると、家主は「また野ねずみが悪さをしている！」と言って、急いで見に行った。私たちがしばらく座ってから庭まで行くと、家主が迎えに来て、山の狭間を流れる谷川を指差しながら言った。「お客さん、この谷川の水に月の光が映るととてもきれいです。中秋節までおられるのなら、一緒に祝いましょう。とても趣きがあります。それぞれの家で花火を打ち上げるので、空は色鮮やかです。高いところから眺めれば、都会の中秋節よりもきれいです」

この話を聞いて、ふと気がついた。ここに来ていつのまにか二十日たち、あと三十日たてば、自然豊かで空気のきれいな場所を離れ、ほこりだらけの福州市に戻らなければならないのだ。福州は自動車が一台しか通れないほど道が狭く、家屋がぎっしり建ち並び、空はまるで豆腐のようにぼんやりとして沈鬱だ。人々は、見るに耐えないほど世俗の汚れにまみれている。

日々ははやく過ぎ、出発の時を迎えた。その日の朝、家主はどんぶりに山盛りの漬物を私の部屋に持ってきて、にこにこしながら言った。「お客さん、田舎のものを味わってください。私の手作りで、ここ数日干していました。都会に持って帰って食べてください。店で売っているものよりおいしいと思います。炒めても煮ても、ごはんによく合います」。私が「またお金を使わせてしまって、申し訳ありません」と言うと、家主は笑って「お客さん、そんなことを言わないでください。野菜は私たちのところにあるのです。都会だとお金を払って買わなくてはいけないものですが」と言った。私は思わずため息をついて、言った。「本当にうらやましいし、敬服します。土地には穀物があるし、庭には鶏やアヒル、牛や豚、羊がいて、なんでも手に入るのに、あなたたちは質朴で、いばったところがありません。本当に敬服します。一年中みなさんはやりたいことをやって、のびのび過ごしておられます。景色もいいし、空気もきれい。うらやましい限りです……」

家主はこの話を聞いて、首のこぶをなでながら、微笑んで言った。「でも、田舎の広さと静けさは、慣れてしまえばどうということはありません。去年福州にサーカスが来たとき、息子が見に行こうと言ったので、大きい方の孫を連れて早朝山を下り、八時に福州に着きました。サーカスの開演まで時間があると息子が言ったので、町の中を歩き回りました。人が多くて家屋がびっしり、とてもあわただしかったです。山の中を歩くほうが気持ちいいと思いました。お客さん、滞在日程を少し延長されたらどうですか……」

私は笑って、言った。「延長したいのはやまやまですが、学校がもうすぐ始まるので、仕事のために帰らなければなりません。都会が田舎に及ばないところですね」

家主はこれを聞くと、うなずいて言った。「それでは来年の夏休み、早めに来て、滞在してください。みんな仲良くなったので、お帰りになるのは名残惜しいです！」

しかし二日後、私は帰った。誠実でやさしい女性家主の印象が心に深く刻まれた。彼女のこぶは忘れがたい。が、彼女の家庭とひよこ、生まれたばかりの子豚。これらは活気にあふれていた。忘れられない！　一人で物思いにふけっていると、いとしくてうらやましい家主を祝福したくなった。そして来年の夏休みに彼女と再会することを切望している！

〈「曼麗」から　北平古城出版社、一九二八年一月初版〉

野の花に酔って――〈孫　福熙〉

朝六時に起きたが、とても強い光が窓から室内に射し込んできていた。強い光だが赤くはなかったので、晴れた日の陽光ではない。それゆえ昨夜雪が降ったのかとも思ったが、いくら涼しくても八月に雪が降るはずはない。この疑問を早急に解決したかったので、数秒間を観察と思考に費やした。しかし疑問の解決のためにのみ数秒を費やしたわけではない。観察と思考の傍ら、服を着ていたからだ。服を着るのに数秒かかったと言っていい。観察と思考の最後の一秒で私は服を着終わり、急いでカーテンを開けた。果たして、大雪が降ったあとのようにすべてが白かった。高いところも低いところも、天地の果てまで、白かった。朦朧たる濃い霧だ。

私は酒に酔ったような気分になった。翼の生えた鳥、空気を入れたボール、浮袋のある魚になったみたいだった。いい気分に「酔って」いたので、室内のものはぼやけて見え、手に触るものは皆弾力がある気がした。画具を肩にかけても重いとは思わず、露のおりた草を踏んでも湿っていることに気づかなかった。白い霧を隔てて緑の茂みに囲まれ、私は絵を描いた。頭脳は徐々に拡大し風に舞い始めた。胸はリズミカルに起伏し、「自然な呼吸は美しい」という歌の調子になった。

このとき、雲と霧がばらばらのかけらになっていった。水の流れに落ちた花や浮草のようだ。花は水の流れに愛され、手をつないで去っていく。浮草はくるくる回りながら、水の流れが知己を紹介するのを待っている。峰はおふざけが大好きだ。高くなったり低くなったり、左に行ったり右に行ったり。白い雲と追いかけっこをしていて、遠くに隠れたかと思えば、すぐ目の前に現れる。風は嫉妬しているようだが、喜んでもいるようだ。雲を吹き散らす。雲は抵抗しないが、色を変えて再びやってくる。樹木だけが風を恐れず、揺れながら笑いさざめいている。決して逃げないが、ひそかに苦労をし、涙を流している。二匹の小さな虫が、より小さな一匹の虫をどちらが食べるかで、争っている。ちょうどそこに、風に抵抗し苦労している樹木の涙が、一滴落ちた。三匹の虫は泥と水の中でもがき、「飯が食えたら良かったのに。おぼれてしまうのか」と言った。小さな虫は二匹に傷つけられていたので持ちこたえられず、「俺が死んだら、二匹が喜ぶだけだ」と憎しみを込めて言い、先に死んだ。残った二匹は「お前がいなけりゃ、とっくに虫を食べていたのに」と互いに言い合い、同時に死んだ。

彼らの事情は私の想像より何倍も煩雑なのだろう。詳しいことは知らず、いくつかの事象を私は目にしただけだ。彼らのこの変幻は太陽に隠れて行われたのだ。太陽が目を開け、雲の隙間からのぞくと、みんな顔を赤くし、恥ずかしそうに微笑んだ。私はこの変幻を描こうと思った。表面的なことだけでも、千枚描いても描き尽くせない。写真だったら、一万枚でも足りないだろう。

……

百メートルほど離れたところに行き、道の脇の溝の中にしゃがんで絵を描いた。ハクヨウの向こうに、果樹の茂みの中の赤い屋根のコテージが、霧の流れの中で見え隠れする。月光の下で赤い花が風にたなびくようでもあり、池の中で金魚がさざ波を立てて泳ぐようでもある。最も人を酔わせるのは白や黄色の野の花だ。萼や花びらの形状ははっきりしないが、無数の細かい点となって集合と離散を繰り返し、有るか無きかの香りを漂わせている。これは夢の世界なのか？　それでなければ、どうして私は想像さえしたことのない甘い香りの中で酔っているのか？　自分が酔い、夢の中にいるように感じたが、心はかえってはっきりしてきた。そしてこの絵を「野の花に酔い、筆をとれば心さらに清し」と名付けた。

三枚目の絵は、さっき絵を描いていた村外の場所を、村の中に入ってから描いたものだ。ここまで歩くと、さっきのものは夢ではなく、この場所こそが夢ではないかと思った。しかし、本当に夢の中なのかはっきりわからなくなった。この場所が夢でなければ、あの場所が夢だったことになる。子供たちが少しはなれて私を取り囲んでいた。洟をたらした男の子が一人、右の人差し指を唇に添えた女の子が一人いた。子供たちの外側にヤギ、その外側にメス牛がいた。私はそれらに囲まれて絵を描いていた。母親たちが子供たちを呼んだが、子供たちがぐずぐずしていたので、母親たちもためらいを見せた。母親の中の一人が私をよく知っているようで、私に「孫さん、日曜日も仕事をするのですか？」と尋ねた。私が「そうです。霧が月曜日まで待ってくれるとは限りませんから」と答えると、彼女のそばにいた誰か（私は顔を上げて見ることをしなかった）が軽く「彼は宗教を信じていないのよ。だから日曜日も仕事をしているんだわ」と言った。

雲と霧が突然遠くへ去った。崖まで、空のかなたまで、私は目を凝らして見た。空と海が溶け合っているようだった。天のかなたは、黄色い海と赤い海だった。霧の上に峰が浮かんでいたが、まるで海に浮かぶ島のようだ。山と樹木は霧に洗われて、より清らかになった。汚れをすべて落としたのだ。小さな村の瓦屋根とハクヨウは、高さは不ぞろいだが、きちんと並んでいた。地図の赤と緑ほどではなかったが、趣きに富んでいた。軍隊のように縦横がきちんとしたものではなかったが、秩序に富んでいた。これこそが芸術家の追い求める原則なのかもしれない。活力、調和、生命、霊魂と呼ばれるものだ。

住居に帰ると、まだ昼で、妻が昼食の用意をしていた。日曜日なので、食べ物は豊かだ。みんな絵を見たが、この豊かな食事に恥じないものだと言っているみたいだった。

私は思った。半日で四枚なら、一日で八枚、十日で八十枚。最初からこういう調子で絵を描いていたら、今までどれだけの絵を仕上げていただろう！

私は食事をしながら話していたが、心は夢の中で酔ったままだった。集まったり散ったりする細やかな花と有るか無きかの香りが、雲と霧の中でたなびいている。この夢に永遠に酔い続けるのだろうか！

Ⅲ　秋のエッセイ

済南の秋――〈老　舎〉

済南の秋は詩の世界だ。あなたの幻想の中に古くて歴史のある都市があったとする。そこには眠っているようなやぐらや狭くて古い石畳の道、立派な石の城壁や山影を映し街を囲む清らかな流れ、赤い服を着て緑色のズボンをはいた小さな女の子が岸辺でしゃがんでいる。あなたの幻想にそういう光景が浮かんだなら、それこそが済南だ。そういう幻想が浮かばないのなら（多くの人は浮かばないだろうが）、ぜひ済南に見に来てほしい。

ぜひ秋に来てほしい。街や川、古い道や山影は、いつ見てもいい。だが、そこに秋の色を加えれば、「純朴で古風な絵」が静かで美しい「詩の世界」に変化するのだ。この秋がきらめく詩の世界は済南にしかない。神は夏の芸術をスイスに賜り、春の芸術を西湖に賜り、秋と冬のすべての芸術を済南に賜った。秋と冬は分けられない。秋の眠りが深くなると冬になる。神は眠りを覚ますのに忍びず、秋と冬を共に済南に賜ったのである。

詩の世界には山と水が欠かせない。それなら済南に見に来ればいい。色も方向も高さも異なる山々が、秋になるとその違いを際立たせる。色について語ろう。山の中腹の松はやや黒みを帯びているが、秋の陽光が斜めにさすと灰色が深まり、周囲の黄色くなった草と一体になって灰色の中に黄色を透かした陰影を醸し出す。ふもとには黄色や灰色、緑や淡いピンクの帯が層を成している。山頂の色も太陽の移ろいとともに変化するが、そんなに重要ではない。中腹部の色の相違こそ詩興をかきたてる。中腹部の色は、特に秋には、永遠に変化し続けるのだ。陽光が急に涼しくなったり、暖かくなったりすれば、そんなに大きな変化でなくても、山上の色合いはそれを察知して変わり始める。急に黄色が深くなったり暗くなったり、目に見えない淡い霧がたなびいたり、そよ風が「自然」に代わって色彩を調合し、淡く美しく塗ったりするのだ。こういう山に加えて、青い空と、晴れて暖かな陽光だ。緑になりそうな青だが、完全に緑になるわけではない。乾いてしまうかと思うくらい暖かいが、詩のようにやさしくて涼しい風も吹く。これが済南の秋だ。そのうえ色が違うので、山の高低も一層目立つ。高いものはより高く、低いものはより低く見えるのである。晴れた空の中で山の稜線は、より真に迫った、はっきりとしたものになる。山上のあの塔を見たまえ！

水はどうだろう。質でも量でも形式でも、済南の水に比肩できるものはない。形式で分ければ、泉（いたるところに泉がある）と川と湖だ。泉であれ川であれ湖であれ、すべて清く澄み、甘い。ああ、済南は「自然」の恋人なのか。大明湖の夏のハスの花や街を流れる川の緑の柳は、当然美しい。でも水を見るなら、やはり秋の水だ。済南の秋の山と秋の水、これこそが秋だ。秋の神様が済南にいるのだろう。まず、水の中の緑藻だ。その緑は、神の心の中の緑以外に、比肩できるものがない。澄み切った水の中でより輝きを増しているが、美人が鏡で自らの美しさを鑑賞するのと同じだ。そう、これらの緑藻は、誰に見せるためでもなく、自ら甘美な水を享受している。緑の思いを理解して、さざ波に口づけし、緑の夢を見ている。いたずらなアヒルが黄金の水かきをぶつけ、洗濯女の影が、その緑の葉に口づけする。これだけが緑藻の甘い煩いだ。うらやましい詩人！

秋、水は青空と同じように涼しい。天上にはかすかに白い雲がたなびき、水上にはかすかにさざ波が立つ。天と水の間はすべてが清らかで、暖かな空気はかすかにキンモクセイの香りを帯びている。山影も一層真に迫っている。秋の山と秋の水が幻の口づけを交わしているようだ。山は動かず、水はかすかな響きを立てる。その古くて歴史のある都市の秋は、こんなふうだ。それが済南だ、詩だ。

〈一九三一年三月「斉大月刊」第一巻第五期〉

押し葉――〈魯　迅〉

灯の下「雁門集」を読んでいたら、乾いた楓の葉がひとひら出てきた。これを見て去年の秋が深まった頃を思い出した。夜になると霜が頻繁に降り、大部分の木の葉が散ったが、庭の小さな楓の葉は赤く色づいていた。その周りをまわって、細かく観察してみた。葉が緑だったころはそんなに関心はなかった。木全体が赤くなったわけではなかった。最も多いのは赤だったが、赤の中に濃い緑を残しているものもあった。虫食いの穴がある葉がひとひらあった。黒の縁取りの中に赤と黄色と緑がまだらに混じり、人を見つめている瞳のようだった。この葉は病気だと思った私は、摘み取って買ったばかりの「雁門集」に挟んでおいた。今にも落ちそうな虫食いのまだら模様の葉を、しばらく保存し、他の葉と一緒に散らせるのはやめようと考えたのだろう。

だが、今夜その葉は黄色い蝋のように私の目の前に横たわっている。その瞳は去年の輝きを失ったようだ。あと数年たったら、かつての色は私の記憶から消え、なぜ本に挟んでおいたかも忘れてしまうだろう。今にも落ちそうな病気のまだらの葉とは、ごくわずかな時間相対しただけだった。ましてや青々と茂った葉とは！　窓の外を見ると、寒さに強い樹木も葉は全て落ちていた。楓は言うまでもない。秋が深まったら、去年と同じような病気でまだらの葉が見つかるかもしれないと思っていたが、今年は秋の樹木を味わう暇さえなかった。残念だ。

〈一九二五年十二月二十六日〉

秋の夜——〈魯　迅〉

裏庭から、塀の外の木が二本見える。一本はナツメ、もう一本もナツメだ。

その上の夜の空は、奇怪で高い。こんなに奇怪で高い空を見るのは生まれて初めてだ。この世から立ち去り、仰いでも見えなくなってしまうのではないだろうか。しかし、今それはとても青く、数十の星が冷たい目のように輝いている。口もとに深い意味でもあるかのような微笑みを浮かべ、霜を何度も庭の草花にまいている。

それらの草花の名前を、私はまだ知らない。確かとても細くて小さなピンクの花を咲かせる草があった。今も咲いているが、花はより細くて小さくなった。冷たい夜の空気の中で、春が来るのを、秋が来るのを、痩せた詩人が涙を花びらにこぼすのを、寒さに震えながら夢見ている。伝えてやった。秋が来ても、冬が来ても、その次には春が来ることを。その時にはチョウが乱れ飛び、ミツバチが春の歌を歌うことを。その花はほほ笑んだ。顔は赤く凍てつき、寒さに震えていたが。

ナツメの木の、葉は落ちつくしていた。この前、子供が一人か二人来て他人が採り残した果実をたたき落としていったので、今は一つも残っていない。葉も散りつくした。秋が来れば次には春が来るという小さなピンクの花の夢を、ナツメの木は知っている。春が来れば次には秋が来るという落ち葉の夢も知っている。葉は散りつくして、幹だけになった。が、木いっぱいになっていた果実と葉の重みが無くなったので、気持ち良さそうに伸びをしている。が、何本かの枝は、ナツメの実をたたき落とした竿がつけた傷口をかばっている。最も長い最もまっすぐな何本かの枝は鉄のように黙って奇怪で高い空を突き刺し、空をまたたかせている。空の円い月を突き刺し、月は蒼白になった。

またたく空はとても青く、不安だ。月を残して、この世から立ち去り、ナツメの木から離れていくようだ。しかし月はこっそりと東のほうに隠れた。でも無一物の幹は相変わらず黙って、奇怪で高い空を突き刺している。命を奪おうとしているのだろうか。戸惑いのまなざしにも構わずに。

「わ!」という声がした。夜遊びの悪い鳥が飛び去っていった。

夜中にふと、かすかな笑い声を聞いた。眠りを覚ましたくはなかったようだが、周囲の空気はそれに合わせて笑った。他に誰もいない。私の口が発した笑い声だった。その笑い声に駆られて、部屋に戻った。

裏窓のガラスがトントン響いている。小さな虫がいっぱいぶつかっているのだ。まもなく、何匹か入ってきた。窓紙の破れたところから入ってきたのだろう。入ってくるなり、ランプのガラスのかさにトントンぶつかった。火が見えたからだろう。二、三匹ランプの紙のかさの上で休んでいた。昨晩取り換えたばかりで、雪のように白い紙だ。波の模様の折り目が浮かび、真っ赤なクチナシの絵が書いてある。

真っ赤なクチナシの花が咲くとき、ナツメの木は小さなピンクの花の夢を見て、緑に茂った枝がたわむ……。私は再び夜中のかすかな笑い声を聞いた。急いで思いを断ち切った私は、白い紙のかさの上の小さな緑の虫を見た。頭が大きくて尻尾が小さく、ヒマワリに似ている。麦粒の半分くらいの大きさで、全身がいとしいくらいに深緑だ。

あくびをして、紙たばこに火をつけた。煙を吐いて、灯に向かい、これらの深緑の英雄たちに、黙って哀悼の気持ちをささげた。

〈一九二四年〉

古都の秋――〈郁　達夫〉

秋は、どこでも、いいものだ。が、北国の秋は、特別に清らかに、静かに、もの寂しくやってくる。私が千里を遠しとせず、杭州から青島へ、そして青島から北平（北京の旧称）へとやってきた理由は、この「秋」を、この古都の秋を味わいたいと思ったからだ。

江南にも、当然秋はある。だが、草木が枯れるのは遅く、空気は湿り気が多く、空の色は淡くて、多雨で風が少ない。一人で蘇州上海杭州やアモイ広州香港の市民の中にいてぼんやり時を過ごしていると、わずかな清涼さしか味わえない。秋の味や色、情緒や姿態は、不十分にしか見られず、味わえず、楽しめないのである。秋は名花でも美酒でもない。秋を認識する過程では、半分咲いた状態や半分酔った状態は不適切だ。

北国で秋を過ごさなくなってから、十年近くたつ。南方で毎年秋が来るたびに、陶然亭のアシの綿毛や釣魚台の柳影、西山の虫の音や玉泉の夜の月、潭柘寺の鐘の音をいつも思い出す。北平では外に出かけなくてもいい。人の多い町中であばら家を借りて住む。朝起きて、濃い茶を淹れ、中庭に向かって座る。すると青緑の空が高く見え、その下でハトを訓練する声が聞こえる。エンジュの葉から漏れてくる細い陽射しを数えたり、ボロボロの壁に咲くラッパのようなアサガオの青い花を見たりしていると、秋の雰囲気が心にしみとおってくる。アサガオと言えば、青か白がよく、紫はその次で、淡い赤色は最低だと私は思っている。アサガオの花の下に、細くて長い秋の草がまばらに生えていれば、最高だ。

北国のエンジュの木も、秋を連想させる風景だ。花のようで実は花ではない蕊が、朝起きてみると、敷きつめたように地面に散っている。踏んでも、音も香りもせず、極めて微妙な柔らかさを少し感じるだけだ。誰かがほうきでそれをはくと、灰色の土の上にほうきの跡が筋状に残り、細やかでゆったりとした気分になる。潜在意識ではいくばくかの寂しさも感じるのだが、古人の「梧桐一葉、天下秋を知る」という想いも、おそらくこういう奥深いところにあるのだろう。

秋の蝉の弱々しい鳴き声は、北国特有のものだ。北平では至る所に木が生えており、家々の屋根も低いので、どこにいようが、聞こえるのである。南方だったら郊外か山の中でないと聞くことはできない。この秋の蝉の鳴き声は、北平ではコオロギやネズミと同じように、どの家でもなじみ深いものだ。

秋の雨もいい。北方の秋の雨は、南方より特色と味わいがあり、さまになっている。沈んだ灰色の空の下、涼しい風がさっと吹くと、雨がしとしと降り始める。雨があがると、雲は徐々に西へと去り、再び晴れて、太陽が顔を出す。分厚い青の裏なしの服あるいはあわせの上着を着た都会の閑人が、キセルをくわえ、雨後の橋に姿を現す。橋のたもとで知り合いに出くわし、のどかにゆっくりと、かすかにため息をつきながら言葉を交わすのである。

「本当に涼しくなりましたねえ」

「そうですね。ひと雨ごとに涼しくなりますね」

北方の果樹も、秋の特色ある風景だ。まずナツメの木だ。家屋の角や塀のそば、便所の近くや勝手口のところに、よく生えている。オリーブの実やハトの卵にも似た小さな楕円形の果実が、細い葉に囲まれて、黄色がかった薄緑に色づいてくると、秋の全盛期だ。ナツメの木の葉が落ち、果実が赤くなって、西北の風が吹き始めると、北方は砂ぼこりと灰色の土の世界になる。ナツメと柿とブドウが八分目まで熟した七月と八月の変わり目あたりが、北国の清らかな秋の良き日であり、他の季節では見当たらないほどのすばらしき「黄金の日」でもある。

中国の文人や学者、とくに詩人は、退廃の色が濃いので、中国の詩文には、秋をたたえるものが特別に多いと言っている批評家がいる。では、外国の詩人はそうではないというのか？　私は外国の詩や文章にそんなに詳しくないし、秋に関する詩集を出したいと思っているわけでもない。が、イギリスやドイツ、フランスやイタリアの詩人の作品や各国の詩文を集めたアンソロジーをめくれば、秋の賛歌や秋の悲哀をうたった作品が多くみられる。著名な大詩人の長編の田園詩や四季の詩の中では、秋に関する部分が、最もよくできており味わいも深い。十分な感覚のある動物、情緒を持つ人類なら、秋については、特別に深くて遥か、厳かでもの寂しい気持ちを抱くだろう。詩人だけではない。監獄に閉じ込められている囚人でも、秋が来ると、深い情緒を味わうだろう。どこの国の人であろうと、どんな民族や階級の人であろうと、秋への思いは変わらない。しかし中国には「秋士」という成語がある。また、欧陽修の「秋声」や蘇東坡の「赤壁賦」などを読むと、中国の文人と秋の関係は特別に深いと思わざるを得ない。だが、この秋の深い味わい、とくに中国の秋の深い味わいは、北方でないと享受できないのである。

南国の秋にも、それなりの特色は当然ある。二十四橋の名月、銭塘江の秋の海嘯、普陀山の涼霧、茘枝湾の枯れたハスなどだ。しかし色彩が薄く、味わいも長続きしない。北国の秋と比べると、黄酒とパイカル、かゆとマントウ、スズキとカニ、茶色の犬とラクダのようなものだ。

秋を、この北国の秋をとどめておけるのなら、寿命が三分の一になってもいい。

〈一九三四年八月〉

秋の半日旅行――〈郁　達夫〉

去年の秋晴れの午後、天気がとてもよかったので、書きかけの短編の原稿を置いて、湖から車に乗って川沿いをさかのぼった。子供のころよく遊んだ海月橋や花牌楼のあたりを歩き、青空や川岸を見ているると、ひとりでいるのが少し寂しくなったので、西に向かい、二十数年前に半年間学んだ之江大学の山中まで一気に歩いていった。二十年の時の流れをいたるところで感じた。かつての荒山や何本かの土の道、岩だらけの谷川や草ぶきの家、まがきで囲ったトイレ、これらのものはすべてなくなっていた。特に時の流れを感じさせたのは、山道の両脇に並んでいる常緑樹だ。当時はとても小さな苗だったのに、現在では風雨や強烈な日光を遮るくらいに生長している。山の中腹のあちこちに、小さくて経済的な住宅が建てられていたのは、言うまでもない。まるで絵の背景のように、付近の山や川は昔のままだが、学校の周辺はかなり変わっていた。まず、大講堂の前の細い空き地は、以前は谷に面して狭かったが、現在では谷は埋められ球技場になっていた。大講堂の西北の小高い所には、以前は北風で曲がりくねってしまった老木が立っていたが、今は三階建ての図書館ができている。二十年の歳月！　三千六百日の二倍の七千二百日だ！　悠久の天地に比べればほんの一瞬だが、時間の威力はまるで暴君のようだ。かつてこの山の中を駆け回っていた若者が、すっかり年を取ってしまったのだから。

周りを見たりかすかなため息をついたりしながら歩いていたので、山のふもとから中腹まで三十分もかかってしまった。山の中腹に教員用の住宅が並んでいる。

湖や川で孤独を感じたから、アメリカから帰ってきてこの母校で仕事をしている胡君

（私の同郷者で同級生でもある）を訪ねようと思ったのだ。彼と過ぎし日について語り、ともに秋を味わい、故郷の消息を知ろうと思ったのである。

二人は年齢は違うが小学校の同級生だ。この二十数年間会う機会は多くはなかったが、夏休みや、よその土地でたまたま会った時などは、それぞれの胸にとめどのない思いが溢れたものだ。今回は突然の訪問で彼を驚かせ、親しみの度合いをアップしようと思っていた。家に行くと、はたして彼は驚いた。

「おや！　珍しいじゃないか！　いつ杭州に来たんだい！」。彼はびっくりして笑いながら尋ねた。

「来たのはだいぶ前だよ。もともと静かに文章を書こうと思っていたから、友達のところにはまだ行っていないんだ。今日は天気がいいだろう。家にいるのが嫌になって、ここまで走ってきたんだよ」

「いいことだよ！　一緒に谷川まで行ってお茶でも飲もうよ。銭塘江沿いの景色は、とてもきれいだよ！」

谷川に沿って進んだ。風は穏やかで日差しは暖かく、田のあぜ道を、二人は話しながら歩いた。九渓十八澗の入り口に着いた頃には、太陽はだいぶ西に傾いていた。谷の近くの茶店に腰を下ろし、老主人が茶を沸かすのを待っている間、春の初めのように緑鮮やかな周囲の山々を見ていると、なぜか心の中にさわやかな気分があふれ出た。二人とも歩きながら多くの話をしたので、茶店に着くとしゃべる気はなくなり、周囲の山と水の流れを目を開いて座って見ているだけだった。時折、晴れた空を旋回するタカの霹靂のような鳴き声が聞こえたが、それは山々にこだまし、いつまでも響いていた。私たち二人は顔も上げず、耳だけをそばだて、静かにその響きを聞いていた。それが過ぎると、二人は思わず目を合わせ、同時に破顔一笑して、「本当に静かだね！」と言った。

老主人が急須を持ってきて私たちのそばに座り、何か言った後、私は尋ねた。

「誰もいないような山の中に一人で久しく住んでいて、怖くないのですか？」

「怖いものなどありません。お金がないので、強盗もこんなところには来ないでしょう。この辺では春の二月か三月に清明節を祝いますが、その時には一日に数千人の観光客が来ます。さびしいのはここ数か月だけです」

私たちは茶を飲みながら、太古の森のように陰鬱なこの山の静寂を味わっていた。知らぬ間に、四皿の茶菓子を食べ終わっていた。私たちの旺盛な食欲を見て、老主人は自分で作った西湖のレンコンの粉をすすめた。

「私どもの品物は地元でお褒めをいただいているだけではなく、他地方からも郵便で注文が来るくらいです。湯に溶かして味わってみてください」

山中の空気が清らかで、数キロ歩いていたからだろう。見た目が鼻汁のような、砂みたいな舌触りがしたそのレンコンの粉は、じっくりかむと意外においしかった。急須の中の龍井茶の葉は、湯を注いでも茶の味が出なくなり、携帯していたたばこも二本を残すのみとなった。今日は特別動くのがはやいと感じられた秋の太陽は、とっくに西側の峰に隠れていた。谷は陰影が覆っていたが、向かいの東の山の頂は、黄金と緑に輝いていた。まるで山の霊が夜の宴に赴くために厚化粧をしているようだった。青空を背景とした夕映えの秋の山を、顔を上げて味わっていると、「茶が一つ、皿が四つ、粉が二つ、五千文！」という抑揚に富んだ老主人の杭州なまりが聞こえた。

この言葉に詩の趣きを感じた私は、「ご主人！　詩の作り方の授業ですか？　それとも詩を作っているのですか？」と尋ねた。

老主人は驚き、目を丸くして「どういう意味ですか？」と私に聞いた。

「詩の作り方の授業か、と言ったんです。『三竺六橋、九渓十八澗』に合わせて、『茶が一つ、皿が四つ、粉が二つ、五千文』と言ったんじゃないんですか？」と私が言うと、老主人はひげを揺らし、大笑いしだした。私たちも一緒に笑った。立ち上がって料金を払い、理安寺へ向かう石畳の小道を右に向かって歩いた。山の端を曲がるころには、三人の「ハハハ」という笑い声の余韻が、静かな山の中腹や谷川の入り口で、いつまでもこだましているように感じた。

〈一九三三年五月二十二日〉

インド洋で秋を思う――〈徐　志摩〉

昨年の中秋節、たそがれ時に西の空は大きな雲母をはめ込んだ屏風のようになり、落日の光はさえぎられ、海と空はひとつになり、暗い青になった。聖座の前で沈黙の祈りをささげる黒衣の修道女のように静かだった。船尾の帆布はかさかさすすり泣き、低く垂れ込めた雲が雨の予感をもたらし、海は湖のように狭くなって、水面に映る影は山か雲かもわからない。だが、涙の痕跡が、空中と水面に満ちていた。

秋の気配が再びやってきた！　雨音が急に強まり、物寂しい風情と陰鬱な気分が、私の魂の耳元で「秋」とささやいた。もともと楽しい心境ではなかったが、こんなにやさしいささやきには抗し切れず、春と夏の間に積もった秋への思いを開放した。それはさまざまな思いと組み合わさり、「愁」という弱々しい赤ちゃんが生まれた。

空はもう暗くなり、雨もやんでいた。が、さっきすすり泣いていた雲は空にまばらに残り、かすかに白く光っていた。明月が装いを整えたことを告げているのだ。あとは待つだけだ。同時に船の煙突から出る煙が果てしなくたなびき、大蛇のうろこのような長い橋になって、西の空の果てまで続いていた。汽船が進むと、緑の波に白い飛沫ができた。西を恋しがっているのだろうか。

北の雲のない空に、明るい星が輝いている。うれしい知らせを持ってきたのだろうか。まるで花嫁の召使のようだ。が、きらきらとした装いだ。花嫁はまだ現れない。

子供の頃、中秋節の夜になると、窓の外に座って月を待っていた。空に雲や霧がかかると、「明るく輝く月」のために心配した。うろこのような雲が見えると、子供心にうれしくなり、月がはやく花を咲かせてくれるよう祈った。「うろこ雲」が出ると月が輝く、と聞いていたからだ。しかし月が光を放つ前に、母に床に入るように言われた。だから、月は実現したことのない想像だった。

今、空はうろこ雲でいっぱいで、さまざまな趣きのある記憶を呼び覚ました。が、私の純粋な童心は、どこへ行ってしまったのか！

月の光には神秘的な力がある。海の波をたけらせ、悲しみの潮をもたらす。ため息は山となり、涙はランの花となる。悲哀は人類の先天的な遺伝ではないだろうか。そうでなければ、何年も悲しみを感じていないときに、清らかな光の中で突然孤独の涙が流れ出すはずがない。

だが、今夜私は涙を流していない。流す涙がないのでもないし、文明が純粋な本能を取り去ったのでもない。神聖な悲哀を感じて、好奇心が刺激され、シャトーブリアンの真似をしてこの神秘的な「メランコリー」を解剖してみたくなったのだ。冷たき知は熱き情の永遠の仇だ。相容れることはない。

だが、こんなロマンチックな月夜に冷酷な分析をするなど、人情に合わない！　それゆえ気持ちを切り換え、知力の矛先を取り除いて、耽溺の涙が流れるに任せることにした。どんな音楽を奏で、どんな詩を歌い、どんな夢を描くのだろう。

明月は今、雲と岩の間だ。黄色いかさに囲まれ、淡い靄がかかっている。海上には幾百の銀の溝がうねり、物寂しいリズムを奏でている。月の光は当たらず、闇の中で上下を繰り返す。怨なのか？　慕なのか？

私は自らの情感を自然界の現象に注ぎ込みながら、紙とペンを持って月を眺め、その明るい光の中に秋の思いの痕跡を見出そうとした。高潔な情緒の精華が私の心に凝結することを願ったのである。月の光は敏捷で、今夜の天を駆け巡る。この世の恩も恨みも、すべてを見ているのだろう。

インドのガンジス川のほとりに小さな村がある。村のはずれに湖があるが、ガジュマルのびっしり生えた岸に、恋に酔いしれた男女のカップルが座っている。男女の間に古い銅の香炉が置いてある。そこにたなびく、上品で物柔らか、馥郁とした香りは、二人の愛の象徴だ。月は雲の端から見下ろし、香りのかかった女性の真珠の髪飾りに軽い口づけをし、かすかに照らし、再び雲の舟に乗って、去っていった。

ある別荘の建物は、窓のカーテンを閉めたことがない。肉付き豊かな桐の葉がガラスの上で揺れている。紫の紗の蚊帳の中で眠っている天使のような子供を、月は見た。こっそりと入って、柔らかなまつ毛と桃のような頬をなでた。銀色の繊細な指で額の髪をそろえ、ひっそりと照らして、再び雲の海に帰っていった。

失望した詩人が、川のほとりの石の上に座っていた。その表情は憂いに満ち、心の中には愛する人の影が川の水のように流れていた。失望の中では、甘美な液を搾り出すことはできない。彼は両手を広げ、上を向き、ちょうど通りかかった慈悲深き月の光に、涙にぬれた目を洗ってくれるよう頼んだ。清らかな慰めを感じたのか、彼はペンを取り出し、白い襟の上に「月光、あなたは失望した子供の乳母だ」と書いた。

海に面したあばら家の中が見える。夕食の残りなのか、テーブルの上にパンのかけらと冷たい肉が数切れ置いてある。窓の前の机には開いた聖書があり、ストーブの上の二本のろうそくがずっと涙を流している。そばにしわだらけで腰の曲がった老婦人が座り、自分の膝に突っ伏して泣いている若い女性を、薄目を開けてみている。床に広がった長いスカートは、まるで大きな蝶のようだ。老婦人は窓の外を見たが、はるかな海の波濤だけだ。慈悲深き月の光と抱き合い、口付けを交わした。聖書に斜めに射した月光に「絶望した！」とささやいた。

彼女は上品な書斎に一人、明かりをすべて消して、窓のそばの籐椅子に座っている。月の光が斜めに射しこみ、彼女の全身を包んで、床のタイルにしとやかで美しい影を映している。彼女のお下げ髪も、美しい唇も、庭のハクモクレンの花も、静謐な月光の中でかすかに震えている。彼女の吐息は淡い香りを漂わせ、花も月もそれに酔っている。ここ数日、彼女の頬はこけている。やせたのだ。だが、彼女は何を考えているのか？　月光よ、私の魂を持っていき、ハクモクレンの花の上に置いてほしい。

ウエールズ西部の鉱山の近くに鉱夫が三人いる。キセルをくわえて、月光の中に座っている。すべてを話し終わったが、異様に美しい月光が、向かいの松林や左にある谷川に、えもいわれぬ美しさを添えている。仕事が終わって疲れているのに眠れず、出てきてタバコをすったのだ。顔は鉱山のすすで真っ黒だ。鈍感なので、タバコ以外に興味はない。秋の月や谷川のせせらぎにも、美しさを感じることはない。月が西へ移ると、黙ってキセルの灰をたたき出し、立ち上がって部屋に入り、ベッドに入って眠った。月の光が部屋の中をのぞくと、熟睡していた。夢を見たとしても、鉱山内外の景色だろう！

月の光がアイルランドの海峡を過ぎ、高い峰を登り、静かな湖を照らしている。湖の水は氷のように凝結し、青ざめた色だ。周囲の小さな峰は、すべて青みがかった灰色の石ころで、木はまったくない。湖のほとりに草が少し生えている。全体を見ると、大きな青い碗のようで、そこには清らかな月の光があふれている。とても静かで、虫の音も魚が跳ねる音も聞こえない。石ころの隙間に水の流れる音が、かすかに響くだけだ。大きな教会の中に火を一つともし、静寂な世界を作り出しているようだ。月は青ざめた水面をしばらく照らし、再び銀のしずくを撒いて、山を去っていった。

昨日シンガポールを発ってから、船は東から東北へ方向を変えた。それゆえ数日前は船尾は落日のほうを向いていたが、「夕焼けの工場」は徐々に船の左側に移っていった。

昨夜食事をしてから甲板に上がると、鋭さの中に神秘的な色合いを秘めた銀色の波が、船の右側に立った。そのひんやりとした表情を、私は凝視した。銀の光を放つ月がちょうど頭上に上がり、船首にもたれて眺めた。今夜はあまり鮮やかではない。うすい灰色の紗をかぶり、悲しげな調べを奏で、靄を涙で染めていた。鮮やかではなかったが、その柔らかな光は淡い青色の目をした少女の流し目のようだ。山頂にかかる白い雲に溶ける春の光に似て、不思議に人をひきつける。感受性のある人なら、その清らかな光を浴びただけで、理解のできない反応を引き起こし、心の中に緊張が走る。それは琴の弦のような、人生で最も微妙な情緒であり、生命の内蔵する高潔さを表現したいという衝動を刺激するのだ。心だけでなく、体の組織も震わせる。血液の中に突然氷が流れ、嗅覚に辛酸が走り、内臓は躍動し、涙腺は熱く湿るのだ。これこそが秋の月がかき立てる思い……愁である。

昨夜の月こそ秋への思いの源泉だ。いや、それにとどまらない。悲哀や沈鬱の象徴でもある。四季の移り変わりという偉大な劇の中の最も神秘的で自然な一幕であり、詩や芸術の世界における最も寂寥とした、最もかすかな消息である。

今夜の月は明るく人々は楽しく見ている。秋への思いはどこへ行ったのか。

漢字には独特の美しさがある。いくつかの字の構造は、芸術家が工夫を凝らしたものとみるべきであり、我が国の誇りでもある。たとえば「秋」という字は極めて美しい形をしている。「愁」という字は史上まれにみる傑作で、点や線の配置は、コローの絵画やミケランジェロの彫刻、ショパンの旋律にも比肩できるものだ。科学的にたとえれば、宇宙のすべてを凝縮した原子の構造にも似ている。この十三画が象徴しているのは、宇宙と人生の悲惨な現象と経験であり、ため息と涙である。それらを凝縮して最も純粋で精密な結晶としたのであり、不思議な魅力に満ちている。ゴーティエのような感性のある人なら夢想するだろう。「愁」という字を暗緑色の宝玉に変形し、それを銀の槌でたたく。すると銀色のかすかな叫びが蛇のように天の雲へと昇っていく姿を。

私は秋を感じるために月を見ているわけではないし、新たな愁いを求めるためでもない。悲哀に沈溺する生活は、ダンテが許さない。

現実の景色に戻ろう。うすい雲に覆われた秋の月は、薄絹に身を包んだ若い女性のようだ。その丸くてすがすがしい姿は花嫁に似ている。が、そのうすく覆われた色とためらいがちな足取り、涙の痕跡は、人を葬送する若い美女をも思わせる。それゆえ私はかつて書いた。

秋の月よ
丸くなくてもいい
秋の月よ

銀の指で
ロマンチックに撫でる
さざ波を見れば、必ず撫でるだろう。さすらい、泣いているから
退屈な雲
秋の月の美しさ
さすらう心を暖める
軽やかな衣装をひんやりと着て
美しき婚礼と葬礼に参加する

〈一九二三年十二月二十九日「晨報副刊」〉

秋――〈陸　蠡〉

秋は優れた演奏家であり、絵画のアマチュアでもある。ある日、私はそんな発見をした。この平凡なる発見は私の小さな秘密になった。地面に穴を掘って、この秘密をこっそり話そうかとも思った。が、おしゃべりなやりて婆に言いふらされると笑いものになってしまうので、結局そうしなかった。今夜、西風が窓をたたき、四方に秋の声を聞くと、この隠しておいたたとえをふと思い出した。秋が遠路はるばる私を訪ねてくれた厚意がうれしかった。そしてその衣装がもたらした涼しさに感じるところがあったので、秋について語ることにした。

私は、秋と音楽と絵画を愛している。もし許されるのなら、平凡な始まり方ではあるが、秋の悲哀について語ろう。八年前の、ある秋の夜だった。つむじ風が砂埃を巻き上げ、庭園（学校の庭園。当時私は正真正銘の学生だった）の曲がり角に吹き溜まりができていた。アオギリとフウノキの黄色と赤の混じった落ち葉が所々で積もり、その上を歩くとカサカサ音がした。当時は雑なつくりのほうきで落ち葉を掃いて集め、仏様に焼香するように、庭園の空いたところでそれを燃やす勤勉な用務員はいなかった。また先端に鉄の金具がついた竹の棒で落ち葉を一枚ずつ拾い、腰に付けた竹籠に入れる人もいなかった。とにかく風の吹く寂しい夜で、死にゆく秋の虫の鳴声がだんだん弱くなっていくのが哀れだった。私たちは学校のピアノ室の中で、教師の面前で数日間練習していた指定の楽曲の復習をしていた。全部で八人か九人で、バイエルの初級を練習している者や単調なハノンを力を込めて練習している者、ソナタを弾いている者などがいた。私はちょうどソナタを練習していたが、どのソナタだったたか覚えていない。とにかくアルバムの写真の半分は黒く塗りつぶしてしまったし、写真もしわくちゃになってしまっている。教師は厳格に音やリズムの組み立てを指摘していた。よく大きな手で弾き間違えた鍵盤をたたいて、注意を喚起していた。その晩、なぜか私は屋外の風の音にずっと注意を向けていた。鳴いている秋の虫の運命を心配していたのかもしれない。同級生が腕をつねって知らせてくれるまで、自分の番が来たことに気づかなかった。厳粛な教師を眺め、いくらか不安な気持ちになった。第一節の変調のところで、弾き間違えた。「Eフラット、Eフラット」。巨大な毛深い手が目の前をかすめ、太い指が黒い鍵盤を指した。私はさらに混乱し、顔が赤くなった。「スタッカート、スタッカート！」と教師は叫んでいた。その言葉が耳に入らないかのように、私はでたらめに弾いた。終わると、教師は眉をひそめて何も話さず、楽譜に赤鉛筆で「Repeat on Next Monday」と太い字で書いた。当時私は思った。もし絵筆があったなら、この万籟の音を、悲壮でもの寂しく、非常に速くて静かな、夏の午後うたた寝している谷の中の生き物の寝息のような、秋の月光の下たなびく大自然の吟詠のような、この歌曲を必ず描き出しただろう、と。その後、おじけづく気持ちが生まれた。以後、真珠のようになめらかなピアノの音を聞いて白黒の鍵盤を風のように動いていく手をうらやむたびに、「機会を失った」と思うのである。

これも秋のある日だった。四年前の秋、私は没落した古い町の学校で子どもたちの教師になっていた。車で町から二十キロほど離れた分校に行った。早朝で、空の色は暗く、太陽は見えなかった。風で吹き上げられた砂埃が空気の中を漂い、周囲を見渡すと黄褐色で、頭の上には大きな灰色の円が見えた。あ！　私は川のほとりで白い綿毛の生えたアシの穂を眺めた。それは灰色の空の下でしきりに揺れていた。「なんと程度の低い色合いだ」と思った。帰ってから中国紙に薄い青の絵の具を塗りつけた。そして薄墨や暗い色を使ってアシの葉が縦や斜めに剣のように伸びている様子を描き、黄土色で穂を描き、白い色で綿毛を点々と描いた。遠く水と空が接しているところに、白い点を幾つか落とし、上の方に山影を付け加えた。……右の隅の空白になっているところには「是西風錯漏出半声軽嘆、秋葭一夜就愁白了頭啦」という詩句を書いたのである。

しかし、ああ！　自分の絵を見ると、まるでただの雑草のかたまりで、何の力強さもなかった。アシの穂はほうきの柄のようだったし、西風に揺れる様子など、まったく表現できていない！　私は腹が立って絵筆をほうり投げ、紙を破って絵の具を捨てた。悲哀を感じ、こんなに下手な腕前しか私に与えなかった天をうらんだ。私に才能があったら、生活はどれほど彩り豊かになっていただろう！

だが幻想を消すことはできなかった。昨晩、友人が綿毛の生えたアシの穂を持ってきて花瓶に挿し、「秋をプレゼントする」と言ってくれた。灯火がその影を大きく壁に映した。その黒い影を見て「秋」を感じた。その夜、私は夢を見た。アシの綿毛がベッドに落ち、厚いビロードのしとねの上に、童話のお姫様のように私は寝ていた。やわらかくて快適、刈ったばかりの干し草の香りがするアシの綿毛のしとねの上で寝ていたのである。私はとても満足していたが、なかなか寝つけなかった。豆粒ほどの大きさの幻想が厚いしとねを通して、背骨にぶつかっているようだった……。「それなら、あなたは真の王子だ……」

晩秋の夢が続く……。よく知る川のほとりに私は来ていた。夜だったので、頭上の空には多くの小さな穴が開いた青水晶のふたのように、星がきらめいていた。川の中には青水晶の底のように、星が敷き詰められていた。私はふたと底の中間にいた。まるで水晶の玉にはめ込まれたようだった。足に力を入れると水晶の底が破れてしまうような気がしたので、静かに眺め、静かに聞いていた。誰かがアシ笛を吹いていた。「川岸で採った一本のアシ、川の水は清く笛の音も清い。アシ笛を吹くと百草が驚き、鳥が鳴き、水の流れが歌い、万籟がそれに合わせる。深夜に道行く者もそれを聞く。明るかったり暗かったり、遠かったり近かったり。……」

歌声のほうを眺めた。「誰がアシ笛を吹いているのだろう?」と思った。だが星の光の下は朦朧としていた。白い人影が、アシの葉で編んだ風で揺れるハンモックに座っているようだった。これは人をいざなう女の妖精なのか？　それとも私と同じような秋の礼賛者なのか？　私が咳払いをすると、その人影は消えた。目を大きく開けて見ると、それはアシの綿毛だった。がっくりした。私が聞いたと思った歌は、子供のころ歌っていた歌がたまたま自分の口から出てきただけのことだった。私はぼんやりしていた。鳥の鳴き声が響き渡って呼び覚ましてくれなかったら、私はずっとそこにいて、アシの綿毛に悲しみを訴えていただろう。

夢ではないことを伝えるのは難しくない。が、それが真実だと人は信じるだろうか？　風が強くなった。眠りたくないのなら、もう一枚服を着たほうがいい。

中秋節――〈蕭　紅〉

確か、青野さんが酒の大びんを持ってきてくれた。菫さんは酔っぱらって床に寝ころび、残った私には食べる月餅もなかった。小屋の中はさびしく、わたしは詩を読んで、一人で中秋節を祝った。

ここまで考えると、それ以上考えるのが嫌になり、四面の寒々とした壁を眺め、窓の外の空を眺めた。ベッドに横向きに寝ころび、本を一ページ、二ページとずっと読んでいったが、読むのが嫌になって、テーブルに置いた時計の音を聞き、花瓶に挿した名を知らぬ花を見て、眠った。

青野さんだったかな? カエデの葉をもってきてくれた。ベッドの縁にみんな黙って座っていた。カエデの葉を花瓶に挿し、テーブルに置いた。カエデの葉が干からびてから、庭の中に座った。何かがしょっちゅう頭の上に落ち、ナツメの丸い果実が塀の根元に転がっていた。ナツメの木の命運は終わろうとしている。朝の学校の鐘が鳴ったので学校に行こうとしたら、綿入れの上着を着た梗おばさんがくしゃみをしながら塀の根元にたまった落ち葉を掃除しているのが見えた。私もくしゃみをした。梗おばさんは私の服をつまんで、「九月に裏なしの服を着ていたら、寒いですよ」と言った。

董さんが部屋から急いで出てきて、もっと服を着るように言った。

私はそれには従わず、冷え冷えとした道を歩いて校門の中に入った。教室の窓から葉が黄色くなったバショウが見えた。クラスメートが次から次へと私に「寒さに強いのね。まだ裏なしの服を着ているの」、「どうして顔が紫色になってるの？」などと私に話しかけた。女性特有のまなざしだった。

夜になると、くしゃみが多くなり、頭も痛くなったので、二日間学校を休んだ。数日学校に行ったのに、また二日休んでしまったのである。

不気味な天気が私を追い詰めた。秋の風が黄色くなった葉を追い詰めるのと同じだ。新暦一月一日に雪が降り、私は寒さに震えた。ドアを開けて雪を眺めた。ああ、私の服は透き通るほど薄く、凍りついているようだ。急いでベッドに戻ったが、ベッドも凍りついているようだった。ベッドの上で董さんを待ったが、太陽が西に傾いても、董さんは戻ってこなかった。梗おばさんに小銭を借りて、パンを買って食べた。

青野さんが雪を踏んでやってきた。椅子に座って、「どうして緑葉（私の名前）さんは起きてこないんだい？」と尋ねた。梗おばさんが「一日寝たままで、学校にも行かないんです。董さんも一日中出ています」と言った。

学生服を着た青野さんは首を振り、自らの穴のあいた靴の底を見た。ベッドのそばに来て私の額に手を当てて熱を測り、「痛くないかい？」と尋ねた。

話し終わると青野さんは外に出て、日が沈むころ戻り、お金を梗おばさんに渡した。しばらくするとドアの外に石炭を運ぶ車のからからという音が聞こえ、小さなストーブに火がともった。同時に青野さんの掛け布団は質屋に行った。その晩から、掛け布団がなくなったので、青野さんは敷布団をかぶって寝るようになった。

これは過ぎ去ったことだが、夢の中に閉じ込めておくことはできない。ドアのチャイムが鳴った。三郎さんが帰ってきたのだ。彼の顔を見て、夢に戻ろうとしたが、彼は私に「起きて！　友達の家に月餅を食べに行こう」と言った。それを聞いて私はつらくなった。今晩は主食を買うお金さえないのだ。起きて、友達の家に月餅を食べに行った。外は騒がしかった。食品市場を通り過ぎ、道端に横たわった硬直している死体の横も通り過ぎた。酒に酔ってふらふらしながら家に帰り、二人で寒々とした夜を過ごした。

三年が過ぎた。今は新しい人と過ごしている。が、彼は私と同じように貧乏なので、三年前の中秋節を思い出したのだ。

〈一九三三年十月二十九日　長春「大同報」週刊「夜哨」第一一期〉

秋がいつもこの世にあることを願う――〈盧　隠〉

秋といえば、誰の心にも、物寂しいトーンが浮かぶ。古今の文人たちの作品を見ても、みな秋を物寂しい色に染めている。たとえば、李白は「秋思」で「天は秋にして木葉の下ち、月は冷として莎鶏の悲しく。坐して愁ふ、群芳の歇くを、白露は華の滋るを凋す」と吟じている。

この種の物寂しいトーンは、美の元素であり、それは「秋」の中にしかない。また、「秋」という季節においてのみ、人はそれを体験できる。なぜなら、感覚が極度に刺激と抑圧を受けているときは、心がマヒしてしまうからだ。それゆえ、蒸し暑い夏やとても寒い厳冬においては、心はずっと引きこもったままだ。秋風がこの世に吹き、春雷が大地を轟かせてから、こわばった魂は虫類のように目を覚ます。

魂が目を覚ますと、その感覚は世界のすべてと触れ合い始める。階段の前の物悲しい落ち葉を見て流れる長江を連想するだけではない。特別に自由で敏感な神経は、長江の永遠さだけではなく、うどんげの花のような生命のはかなさをも感じるのである。そして、悲しみが胸にあふれ、愁いが生じる。

これこそが、秋と聞くと誰もが物寂しいトーンを心に浮かべる原因だ。

実際のところ、秋は色彩がきわめて豊富で、活発な精神を持つ。そのすべての現象が、敏感な文人の描くように物寂しいわけではない。

霜が薄く風の清らかな秋の朝、郊外の野原を散歩してみればいい。火のような色の楓の林や柿の木の茂み、濃い紫のあふれる山の頂きや空の果てが見られるだろう。それはまさに雄大な気概を持つ画家が、意のままに絵筆をふるって染め上げたものだ。その壮麗で豊かな姿は、繊細な春の景色の及ぶところではない。

秋の鋭さは、積もった汚れを洗い流すことができるし、澄み切った秋の月は、ものをかすかに照らすことができる。秋は鋭くて、さっぱりとしている。何物にもこだわらない芸術家の象徴だ。こういうトーンは、現代人のもだえる魂を生き返らせることができる。

だから私は、秋がいつもこの世にあることを願っているのだ！

〈一九三三年八月十八日「時事新報」〉

秋の陽の中の西湖――〈盧　隠〉

私は重い荷物を負ったラクダのように、ずっと前に向かって歩いていた。こんな息もつけないような生活を続けるのは無理なことに突然気づき、西湖に行って、少し休息することにした。

あわただしく上海から杭州に向かう汽車に乗った。同行したのは朱さん、王さんの二人の女性と、建さんだった。私たちは向かい合い、黙って座っていた。まもなく、汽車がゆっくりと動き出した。私が思わずため息をついて「ああ、上海を離れるのね」と言うと、「当り前じゃないか。出かけるんだろう！」と建さんが言った。私の多感さが理解できないようだった。

乗務員が切符の検査に来た。建さんはポケットから往復切符四枚を取り出したが、その時紙切れが一枚落ちた。拾い上げてそれを見ると、「杭州に着いたら、第一に食べまくる。そして遊びまくる」と書いてあった。「おかしい、わざわざこんなことを書くなんて」と言いながら、朱さんと王さんの二人の女性に見せると、二人も思わず大笑いした。

汽車が嘉興に着くころには、日はすでに暮れていた。みんなおなかがすいていたが、汽車の食事は高くておいしくないので、ゆで卵を食べようと思った。汽車のボーイに買いに行かせようとしたが、そのボーイは私たちがケチで、二等車の客ならハムチャーハンぐらいが当たり前だと思ったようで、「二等車でないとゆで卵は売っていません」と冷笑し、逃げていった。

建さんは「いやな奴だ！」と言って怒ったが、結局自分で三等車に行って、買ってきた。私はゆで卵を食べるのが得意で、一気に四個半を食べた。まだおなかがすいていたので、五個目を食べようとしたら、建さんがそれを奪って、怒った表情で「君は何もわからないのか。そんなにいっぱい食べたら、胃が痛くなるよ」と言った。

結局つばを飲んでがまんした。王さんが笑いながら「あなたは痩せて小さいのに、食欲はすごいのね！」と言った。「ゆで卵しか食べられないの。ほかのものはダメなの」と弁解しようと思ったが、意味がないと思ったので、スマイルでごまかした。これでは黙認と同じだ。

汽車が杭州駅に着いたのは、十一時半だった。街路の店は大部分が閉店しており、暗い電灯がいくつか、弱々しい黄色い光を放っていた。が、汽車を降りた人たちがひとかたまりになり、それを旅館の客引き従業員たちがびっしり取り囲んだので、それを抜け出して湖のほとりに行く人力車を拾うのにとても苦労した。

人力車が石畳の道を走っていると、いくばくかの懐かしい記憶が心に浮かんできた。一年前私と建さんはこの趣きのある湖で共に過ごしたことがあるのだが、あっという間に一年以上の月日が流れてしまった。人の世は不断に変化するが、湖や山は以前と同じだ。澄み切った湖水の波や霧に覆われた峰は、私の無意味な奔走を笑っているのだろうか。

もともと清泰第二旅館に宿泊する予定だったが、行ってみると部屋がなかったので、湖浜旅館に行くしかなかった。

深夜、私は一人で緑の柵にもたれて、真っ暗な西湖を眺めた。空には雨雲がかなり出ており、星はまるで恥じらう乙女のように、雲の間をさまよい、かすかにきらめいていた。十二時をかなり過ぎてから、部屋に戻って眠った。

朝の光が白いカーテンごしに射し込んできた。私は急いで建さんを起こし、上着をはおって部屋のドアを開けた。しみとおるような秋風が、アオギリの梢を通り、枯葉が何枚か舞い落ちる音がした。空は青く晴れ渡り、昨夜の雨雲は影も形もなかった。秋の陽の中の西湖は、とても静かでユーモラス、湖上の山は玉のような緑で、キンモクセイの香りが朝の空気にあふれていた。自分が人生の重荷を負っているラクダであることを、しばし忘れた。紫のツバメになって清らかな空を飛び回り、神の讃美歌を聞き、たましいの所在を感じた。どれほどの間、こうして解き放たれていただろう。解き放たれたその刹那、たましいの深みから、驚きと喜びの涙が流れた。

建さんがこっそりと私の後ろにきて、「早く顔を洗って。かつて一緒に住んでいたところを訪れよう！」と低い声で言った。

呆然とした。彼は私の夢と幻を破ったのだ。だが、同時に懐かしさも湧いてきて、急いで顔を洗い、朝食も取らずに、湖浜路崇仁里のかつての住まいに歩いていった。路地の入口につくと、新しく建てられた、白い木でできた車庫が目に入った。私たちが去ってから新しくできたのはこれだけで、他は何も変わっていなかった。「四号の家を貸します」という張り紙が見えた。建さんはこれを見て、「僕たちのかつての住まいじゃないか。今、空いたところか。もう一度引っ越してこようか！」と言った。

「無理よ……お金を儲けない限りはね」と、私は言った。

この時、私たちはすでに半開きのドアの前にいた。建さんが軽くドアを押し開け、中に入った。小さな庭では依然として石の隙間に緑の草が数本生え、赤い木戸が半分ほど覆われていた。部屋に立ち止まり、二階にも上がった。何もない部屋なのだが、その雰囲気がかつての思いを呼び起こした。最もつらいのは陳さんの死だ。陳さんは土曜日によく私たちの住まいに遊びにきた。トランプをやった時などは、いつも坊主頭を撫でて「また間違えちゃった！」と言っていた。その姿が今でもありありと目に浮かぶが、陳さんはもうこの世にいない。がらんとした家屋の中で三分ほど黙っていたが、つらい思いを残してそこを離れた。路地の入口まで歩くと、顔見知りのおばさんに出くわした。隣の劉さんの家のメードで、劉さんの家に寄るよう懇ろに勧められた。断り切れずに彼女と一緒に行ったが、劉さんは起きたばかりで、奥さんは子供に服を着せていた。二人の「招かれざる客」に相当驚いたようだった。別れてからのことをいくらか話し、たばこを一本吸ってから暇を請い、旅館に戻ってラーメンを食べた。王さんと朱さんの二人の女性は、すでに湖のほとりでボートを頼んでいた。今日一日は湖水で遊ぶことを私たちは話し合って決め、夜になったら料金を払うと船頭さんに告げた。船頭さんは意外にも喜んで承諾した。おやつのヒシの実とスイカの種を買って、ボートに乗り込んだ。船頭さんは五十過ぎの温厚なおじいさんで、ゆったりとボートをこいだ。おだやかな秋の陽光に照らされた私は、全身の筋肉がリラックスし、長方形の籐椅子の背もたれに物憂げに寄りかかった。オールをこぐたびに波が立ったが、銀色の蛇がくねくね這っているようだった。ボートはもう三潭印月の前まで来ており、白雲庵で停泊した。私たちは岸に上がって、線香の煙がたなびくその古寺に行った。老いた和尚が一人で南向きに座っていた。仏像の前におみくじの箱があったので、私が最初にそれをゆすったら「吉」が出た。朱さん、王さんの二人の女性と建さんもそれぞれおみくじを引いて、みんなで笑いあった。怒りで口を横に開いた四体の金剛力士像を拝んで別れを告げ、ボートに乗った。

ボートはかすかに揺れていたが、まるでゆりかごの中で眠っているように感じた。が、同行の朱さんは頭痛を訴えていた。建さんは無邪気に同情して「そう、僕も頭痛が大好きなんだ。どこに行っても、少しがんばったらすぐ頭痛がする。とくに前の晩忙しくて寝られなかった時には」と言った。

「そうなの」と朱さんは言った。「私、船に酔ったみたい」

「船酔いは本当につらい！」。建さんは真面目そうなふりをして同情した。私と王さんは思わず大笑いしたが、建さんは頭を下げて笑いをこらえていたので、笑いが一層大きくなった。ボートが湖心亭に着き、しばらくそこに立っていると、疲れをいくらか感じた。王さんが食事に行こうと言うと、建さんが「『食べまくる』という僕の計画を実行するときが来た」と言った。

「もし『食べまくる』のなら楼外楼に行きましょうよ。西湖では有名なレストランだし、去年そこで宋美齢さんを見かけたことがあるわ」と私が言うと、王さんが「そうだったの。それならそこに行きましょう」と言った。

その名にたがわず、門の外にはかなりの自動車が止まっていた。それに加えて、何人かの軍人が、戦争の雰囲気の全くないこの湖のほとりを飾っていた。運よくテーブルが一つ空いており、一人が一辺に座った。みんなが楽しく食べるために、各自がそれぞれの料理を注文し、お金を払った。結果、私と建さんは湖のカニを五匹と魚を一匹、アヒルの水かきのスープを一碗とエビの料理を一皿注文し、ほかの二人の女性も大体同じものを注文した。王さんの方は飲み食いが得意で、湖のカニ四、五匹をあっという間に平らげた。湖のカニが苦手な朱さんは一匹食べると頭痛を訴え始めた。

「それなら食べるのをやめたらいいわ。私にまかせて！」と王さんが微笑んで言った。

「わかった。あなたにまかせるわ。トウガラシが欲しいの。それでないとご飯が食べられないわ」と朱さんが言った。

「そう、僕も同じだ。僕たち二人は九九％が同じだね。違うのは一％だけ」と健さんが真面目そうな顔をして言った。

「どこがその一％なの？」と王さんが尋ねた。

「そんなこともわからないの。一人が男で一人が女っていうことだよ」と建さんが言った。

この時朱さんはご飯茶碗を持っていたが、この会話を聞いて笑い、茶碗を落としそうになった。

「狂人の集まりだわ」と私は心の中でこっそり思った。が、私は誇りにも思った。今でも「ものに狂う」気持ちを持っている。長年置き去りにしてきた童心を、墓の中から復活させたのだ。奇跡というほかない！

夕方になると、私たちのボートは芸術院の入り口に着いた。私と建さんは友達に会いに行ったが、その人はすでに上海に行っていた。キンモクセイの香りを乗せた風を感じてから、ボートに乗った。涼しい風が私たちの肌を撫でた。朱さんは寒さが苦手なのでオーバーを着込んだが、まだふるえていた。東の空はすでに薄暗くなっていた。西の空は夕焼けで火のような色だったが、太陽が山に近づき、あっという間に山影に入った。はるかな山は霧に覆われ、ぼやけていた。ボートは静かな秋の波を分けて進み、まるで雲にでも乗っているように、ゆっくりと湖岸に着いた。岸に上がると、明かりが輝き、ぼんやりとした夢の世界から飛び出したような気がした。街路を散歩してもよかったのだが、気が変わった。旅館に戻って晩ご飯を食べた後、山に遊びに行く計画を立てた。山に登るには山かごに乗らなければならず、その親方と行先や値段について相談しなければならない。小さな問題なのだが、じっくりと討論した。山かごの値段は高いので、私と朱さんは少しためらったが、建さんと王さんが結局自分の考えを押し通し、意気揚々と次の日の朝七時に山かごを予約した。

今日は十月九日、つまり旧暦九月九日の次の日なので、山に登る人がとても多い。私たちは山かごに乗り、金門を出た。まず浄慈観に「浮木井」を見にいった。済顛和尚の霊跡だ。しかし実際に見るとただのありふれた井戸で、そこから木が湧いて出たという話は信じがたかった。

浄慈観を出て、前に進んだ。道がだんだん荒れてきた。かなりの数の黄色い野の花と半分赤くなったカエデの葉が見られたが、骨にしみとおるような秋風が悲しげに吹き、寂しくなったり楽しくなったりした。秋のセミの最後の哀しい鳴き声を聞いたり、色鮮やかなカエデの葉を見たり、キンモクセイの清らかな残り香を味わったりすることは、私のようにあくせく働いている人間にとっては、たましいの絶対的な解放であり、この上もない喜びだ。だが深く考えてみると、国家は危機的状況にあり、人生ははかない。目の前の景色を見ても悲哀を感じるだけで、悲しみが湧いてきた。……思いは千々に乱れたが、山かごを担いでいる人夫は前に進み、山の中腹へと入っていった。山かごの後部から下を見ると、絶壁と険しい山道だけだった。あれこれ考えるのはやめ、はらはらしていると、ようやく山頂に着いた。ほっと一息ついて、古寺で休息した。

その時小学生のグループが興味いっぱいに山を駆け上がってきた。それぞれ果物や菓子を入れたカバンを持ち、寺の前庭の手すりのところに座って、歌ったり食べたりしていた。私たちは堂の中に入って、回り廊下の籐椅子に座った。和尚さんがスイカの種を一皿と龍井茶を持ってきてくれた。東にはキラキラと輝きながら揺れる西湖の波が見え、南には銭塘江を銀色の波を立てながら行く舟が見えた。さえぎるものの何もない景色だった。黙ってうっとりしていると、「さっきは死ぬほど怖かったわ。下に落ちたら骨まで砕けてしまう。下りるときは歩きたいわ」と言う朱さんの声が聞こえた。

「うん、僕も怖かったよ。二人で歩いて下りよう。彼女たちには山かごに乗ってもらおう」と建さんが言った。

「わかったわ」と朱さんがうれしそうに言った。

建さんが冗談を言っているのが分かったので、おかしく思った。建さんは生き生きとしたそぶりで「考えれば考えるほど怖くなる。あの急な石の階段は滑りやすいんだ。もし人夫が足を滑らせたら、とんでもないことになる……」と言った。建さんのこの話と真面目くさった表情を見て、私と王さんは涙が出るほど笑った。四十過ぎの和尚さんは、ひっそりと大殿の中に座っていた。私たちのような狂人の集まりを見て、どう思ったのだろう。和尚さんは黙って山の景色を眺めていた。ひょっとしたら必死に笑いをこらえていたのかもしれない。私たちはひとしきり笑った後、茶を二杯飲んで、山かごに乗って下山しようとした。果たして朱さんは「歩いて下山」という計画を実行しようとした。が、彼女に同情していた建さんは、朱さんが山のほうを振り返った瞬間、こっそりと山かごの中に隠れてしまった。

「ちょっと、どうして山かごにまた座るのよ?」と朱さんが言った。

「うん、悟ったんだよ。もう落ちるのも怖くない。朱さんに詩をささげるよ。怖がらないようにね」と建さんが言った。

「詩人なのね。その詩を聞かせてちょうだい!」と私がふざけて言った。

「もちろんだ」と言って、建さんは「輿に座って高山に登る、頭が後ろで足が先、怖がるな、神仙になれないぞ」と吟じた。

この詩に私たちは大笑いした。が、朱さんは怖がらないように諭されたので、再び山かごに乗った。正午、私たちは龍井の前にある斎堂で精進料理を食べた。そこの和尚さんが流暢な北京語を話したので、「北方の方ですか?」と尋ねてみた。その和尚さんは「そうです。北方からこの地に参りました」と言った。この和尚さんはみやびやかな方で、堂内には有名な人の書や絵がかかっていた。どこで勉強しているのか聞かれたので、「浪人中です」と答えると、和尚さんはよくわからないのか、「うん、うん」と言っていた。建さんはこれを見て口の中の茶を吹き出してしまった。これで気分が白けてしまったので、お布施を渡して、堂の外に出た。日が西に傾いていたので、名残を惜しんでいるわけにもいかなかった。でも、たそがれの山は特に彩り豊かだ。夕焼けが幕のように西の空を覆い、緑の峰には薄絹のような霧がかかり、東の山から三日月がゆっくりとのぼっていた。遠くにアーチ形の堤ときらきら光る西湖が靄の中に沈んでいた。私たちは自然の美に心酔し、騒々しい都会には永遠に帰りたくなかったが、山かごの人夫にはその気持ちがわからなかったようで、帰りを急いでいた。「はい！」という声とともに山かごは止まり、飛び回っていた私たちの魂は、落とし穴に満ちた人の世に放り出された。疲労と退屈に包まれた。

夕食後そそくさと荷物を整理し、次の日上海に帰る準備をした。今回の秋の陽の中の西湖はたましいに痕跡を残し、生命の歴史の一ページとなった。

一度解き放たれたたましいは、しょんぼりとして再び牢に入った。かわいそうに。

〈一九三二年十一月十三日「申江日報」副刊「海潮」第九号〉

異国で秋を思う――〈廬　隠〉

郊外に引っ越してきてから、天気は徐々に涼しくなっていった。まがきの下に延びているエダマメの葉には枯れた黄色が現れ、白い野菊の花が草むらに咲き、小さな黄色い花が冷たい秋風の中で揺れている。こういうながめは、秋への思いをかき立てる。それに、外国にいるのである！「簾は西風に捲かるなれば人は黄花よりも痩せ」と低い声で吟じてみた。小さなたましいは悲しみでいっぱいだ。

書斎の中は格別に物寂しい。窓の外の紺碧の海のように青い空と淡い金色の陽光、キンモクセイの香りを乗せた風には、人の心をそそのかす強烈な力がある。こういう刺激を受けてしまうと、退屈な勉強など続けられない。昼食をとった後、一緒に吉祥寺に秋の景色を見にいこうと波さんが言った。三時過ぎに市外電車に乗ったのだが、座ったと思ったらすぐに到着した。長い通路を歩いて駅を出て、レールを渡ると、木製の門が高くそびえ、額に漢字で「井の頭恩賜公園」と書いてあった。門を入ると、道の両側には木が青々と茂り、緑の影が地面を覆っていた。深い味わいが脳裏をよぎり、まるで深山の歴史ある樹林の中に入ってしまったかのように、私たちはぽかんと立ち尽くしていた。樹木の枝のコントラストの中、一筋の黄金色の光が柔らかに揺れていた。金色の髪の妖精が、裸足で、白い雲を踏んで歩いていく姿を思い浮かべた。西のほうを見ると、色鮮やかな霞が緑の峰に横たわり、黒い点のようなカラスが林の中を飛んでいった。私は自分の愁いをどうしてよいかわからず、雁に託して故国に持っていってもらおうかとも思った。だが、当てもなくさまようだけだった。

濃緑の幕の下で、前に進むのを忘れていた。下駄を履いた和服の中年男性が、カランコロンと音をさせてやってきた。私たちをじろじろ見たので、やむなく急いで前に向かった。この森を抜けると、砂利を敷き詰めた坂道に出た。道の両端にはモチノキが整然と並び、草の香りがそよ風にたなびいていた。ゆっくり歩いていると、急にすがすがしい清らかな気持ちになった。坂を下りると、日本式の小さな茶店があった。いくつかのちゃぶ台とざぶとんが置いてあり、カウンターの横には赤いみかんや青いりんご、さまざまな色のキャンデーなどが雑然と並んでいた。

「ここは覚えがあるわ！」と私は思わず叫んだ。心の中に潜んでいたイメージが一気に噴出してきた。私の心は震えた。まなざしはぼうっとして、胸には悲しみが満ちてきた。心臓が激しく打っていた。時の流れに踏みにじられた往事が自然によみがえってきた。

「昔の事、思い出すと心が痛むわ！」。私はひっそりとため息をついた。が、目の前には生き生きとしたイメージが現れてきた……。

幸福に包まれた少女たちが、バラ色の希望を抱いて、学校を卒業するその年に、徳望の高い教師に引率されて、日本海を渡って名所観光に来た。日本に上陸したのは晩春の三月、桜が咲き乱れている時だった。緑に綿を飾ったような花と木を見て、彼女たちは疲れを忘れるほど楽しんだ。彼女たちは明け方東京の旅館を出発し、上野公園で桜を楽しみ、それから井の頭公園に来た。この時彼女たちは疲労を感じたので、休憩する場所を探した。結局この清らかな場所にある茶店を見つけ、中に入ってものを食べることにしたのである。

みんなでかたまって座り、龍井茶ととても甘い和菓子を注文し、飲んだり食べたりしながら、楽しく談笑した。まるで巣立ったばかりのウグイスのひなのように、すべてが新鮮に、興味深く見えたのだ。当然彼女たちは幸福の神の懐に抱かれていた。青春の輝きと快楽、なんとうらやましいことだろう！

しかし、時の流れがすべてを壊してしまった！　今日ここをさまよい、往事を回想している私が当時の幸福な少女の一人だったなんて、だれが信じるだろう！　ああ、時の流れ！　それはこの世の輝きを持ち去り、英雄の大志を踏みにじってしまう。見知った木の下に立った私は、涙を流すだけだ。時を逆流させる方法など、ない！

ああ！　九年しかたっていないのだ。この九年の間、私は険しい道を歩み、絶壁をよじ登り、死の谷から這い上がり、血が出るような苦痛を味わってきた。バラの酒を飲むように、自らの血と汗を飲み込んできた。

ああ、思い出がつらすぎて、苦しみの涙が出てきた。心をかき乱すこの場所を早く離れないといけない！　私たちは草の生えた小道を前に歩き出した。突然悲しげな泣き声が聞こえてきた。灰色の翼を広げた秋の神が、びっしりと茂った枝葉の背後に身を隠しているような気がした。たちどころに枝葉が震え始めた。草の下にいる秋の虫が、鳴き始めた。私は物悲しい気持ちになり、前には進まず、道端の木のベンチに腰を下ろした。ぼんやりと、陰鬱な茂みを眺めていた。そよ風が枝を動かすと、ゆるやかに緑の水が流れる小川が見えた。ボートが一隻さざ波を分けて進んでいた。二人の少女がオールを漕いで、低い声で歌っていた。それを見ると、わけもなく喉がふさがったような感じがして、知らないうちに「振り返るに忍びない故国！」と嘆じてしまった。同時に北京の北海の情景が目の前に浮かんできた。仲のいい恋人たちがオールを漕いだり、きれいな秋の景色を指さしたりして、ゆっくりと語らいあっている！　ましてや「天高く馬肥ゆる」秋だ。都大路には人や車が盛んに行きかい、みんな楽しく集っているだろう。異国をさすらい、物寂しく秋を思っている私たちのことなどだれも思い出さない。しかし、私たちは深く祖国を思い、よき知らせを渇望しているのだ！　神経が過敏になっているのか、木の葉の落ちた北平（北京の旧称）では、寒々とした風が吹き、貧困にあえぐ同胞たちが冷たい雨に濡れて、蒼天に悲しみを訴えている姿を思い描いてしまう！　ああ、乱れ切った祖国よ！　北海の風光もそのみすぼらしさを覆い隠すことはできない！　来今雨軒の賑わいも、人生の憂いと苦しみを慰めることはできない。祖国を深く思う私たちの熱く震える心は、結局秋風に吹き覚まされてしまった。

（＊訳者注：一九三〇年、作者は夫とともに日本を旅した。その時のことを書いた文章）

〈一九三一年九月二十五日　中江日報　副刊「海潮」第二号〉

Ⅳ　冬のエッセイ

江南の冬景色――〈郁　達夫〉

北国で冬を過ごしたことのある人なら、炉を囲んでお茶を飲んだり、あたたかい羊肉を食べたり、ピーナッツの殻をむきながらパイカルを飲む楽しみを知っているだろう。かまどとオンドルなどの設備があれば、外に雪が積もり嵐が吹き荒れても、屋内に引きこもって二、三か月を過ごすのは、一年の中で最も面白い。老人はもちろん、動き回るのが好きな子供達でも、この時期を楽しみにしている。ナシなどの果物やダイコンが食べられるし、大晦日や正月一日、元宵節などのにぎやかな行事があるからだ。

だが江南では、様子が違う。冬至が過ぎても、長江以南では、木の葉はかなり残っている。冷たい西北の風はあまり吹かず、寒いのはせいぜい一日か二日だけだ。朝は雲一つなく、街には落ち葉が広がり、黒い顔の女性が塗ったおしろいのような霜が降りる。太陽が軒の上まであがると、スズメがさえずり、地面からは水蒸気が放出される。老人も子供も門の前の空き地に背中をあらわにして座り、おしゃべりを楽しむのである。こういう江南の冬景色は、とてもいいとおしいのではないだろうか。

私は江南で生まれ育ったので、子供の時の冬の江南の印象は、心に深く刻まれている。中年になり、晩秋が好きになった。秋は読書の季節で、作家にとっては最もいい時期だと思っているのだが、江南の冬景色は、北方の夏の世の特殊な情緒、モダンな言い方をすれば「明朗なる情緒」に匹敵するものだと考えている。

福建や広東でも冬を過ごしたことがある。とても暖かで、旧暦の年末になっても、薄い服を着ざるを得ないこともあった。まがきの側を歩くと、秋の花が咲き乱れていることさえあった！　にわか雨や雷の後は、少し寒くなるが、上に一枚はおるだけで済む。福建や広東では、毛皮の服や綿入れの上着は不要だ。こういう南部地方の気候は、私の言う「江南の冬景色」ではない。「南国の長い春」とでも呼ぶほかはない。春または秋の延長なのだ。

江南の土地は肥沃で潤沢なので、熱気を含み、植物の生育に適切だ。長江一帯では、アシの綿毛は冬至まで散らず、紅葉も三か月以上続くことがある。銭塘江両岸のナンキンハゼは、紅葉が散っても、雪のように白い実がたわわに枝になり、写真を見ると梅の花を思わせる。草の色は赤褐色になっていくが、根のあたりには緑が残っており、野火でも焼き尽くせず、寒風でもなぎ倒せない。そよ風が吹いて暖かな日の午後、冬の郊外を散歩してみればいい。青空の下、気候の厳しさなど感じず、不思議な生気さえも味わうことができるだろう。「冬来たりなば春遠からじ」という詩人の美しい言葉は、江南の山野でこそその意味が体得できるのである。

寒い時期の郊外散歩といえば、江南の冬が江南に住む人たちに与えた特殊な恩恵だ。北方の雪や氷の中で暮らしている人には、この静かな楽しみを味わう機会は一生来ないだろう。ドイツの冬が浙江と比べてどうなのかは知らないが、多くの作家がSpaziergang（散歩）という題で文を書いているところを見ると、ドイツ南部の四季の変遷は、江南とあまり変わらないのだろう。たとえば十九世紀の郷土作家ペーター・ローゼッガーは、「散歩」という題で実に多くの文を書いている。そしてその内容の大半は、中国浙江の山野にも当てはまるものだ。

江南では河川の港で交流し、湖沼も特別に多いので、空気は水分を含んでいる。冬になると、よく小雨が降る。この小雨が寒い村に降り続く情景は、言い表せないほどのゆったりした境地だ。想像してみてほしい。秋の収穫が終わり、いくつかの家族が小さな村の中に集まる。家の門は橋に面し、窓からは小高い丘が見え、雑木林もある。こういう冬の日の農村に、粉のように細かな雨が降り、背景は淡いものになる。実にゆったりしているではないか。もう少し加えるならば、門の前に黒い苫の舟を一隻停泊させ、草ぶきの家の中に数人のにぎやかな酔客を入れればいい。草ぶきの家の窓に灯を暗示する月の傘を描けば、色彩も増す。この境地になると、人はこだわりを捨て、損得にも生死にもとらわれなくなる。唐朝のあの詩人の「夕暮れの村に小雨が降る」という一句を覚えているはずだ。詩人がこの境涯に至ると、緑林の豪傑でさえ気を遣うようになる。まさに江南の冬景色が人をとりこにしているのだ。

雨といえば、当然雪を思い出す。「もうすぐ日が暮れ雪が降る、一緒に飲まないか？」、これは江南の日暮れの雪景色だ。「両端に梅花の咲く道を歩くと、雪がちらつき、酒の香りが客を迎える」、冬の宵に雪月梅の三人の友と連れ立って歩き、飲み屋の女の子をからかっている。「木の門から犬の鳴き声が聞こえる、風雪の夜、家人が帰ってきたのだろう」、これは江南の雪の夜が更けて、人も寝静まった後の情景だ。「山村に雪が深く積もったが、昨夜梅が一輪咲いた」、これは雪が降った夜の次の朝、犬と一緒に雪遊びをしていた村の子供が景色を報告に来たのである。これらの詩句は江南以外の場所で書かれたものもあるかもしれないし、江南の出身ではない詩人もいるかもしれない。だが、これらの詩句による江南の冬景色の描写は、単刀直入で、私の下手なエッセイよりはるかに美しい。

江南には、雨も雪も降らない冬もある。旧暦正月の末か二月の初めに寒くなって、春の雪が少しだけ降る、ということだ。去年（一九三四年）の冬がそうだった。今年の冬もそうだろう。節気から推測すると、二月の終わりに寒くなるが、せいぜい七、八日しか続かないようだ。こういう冬を、村の人は「ひでりの冬」と呼ぶ。麦の収穫にはいくらかプラスなのだが、人には損害を与える。ひでりが続くと、ジフテリアやインフルエンザなどの病気にかかりやすくなるのだ。しかし勝手気ままに江南の冬景色を楽しみたい人にとっては、こういう冬のほうがかえって楽しいだろう。晴れて穏やかな日が多くなるので、郊外でそぞろ歩きをする機会にもより恵まれるからだ。日本では「ハイキング」、ドイツでは

「Spaziergang」という行為のマニアは、こういう冬を最も歓迎するのである。
窓外の天気は晩秋のごとく晴れ渡り、陽光があふれている。もう部屋の中でじっとしていられない。言葉より行動だ。こんな退屈な雑文は、これ以上書きたくない。紙とペンを置き、ステッキを持って、湖へ散歩に行こう！

〈一九三五年〉

雪――〈魯　迅〉

暖かな地方の雨は、硬くて冷たい燦爛たる雪に変わることはない。博識な人たちは単調さを感じ、自分は不幸だと思っているのかもしれない。しかし、江南の雪は、潤いと美しさの極致だ。青春のかすかな息吹であり、健康な乙女の肌だ。雪の野には真っ赤なツバキが咲き、ウメの花が白の中に緑を隠し、ロウバイの花が深い黄色を見せている。雪の下には冷たい緑の雑草が生えている。チョウは確かにいないが、ツバキとウメの蜜を採りにミツバチがやってくるのか、はっきり覚えていない。だが、雪の野に冬の花が咲き、多くのミツバチがぶんぶんとにぎやかに飛び回っているような気がするのだ。

子供たちは凍えて赤くなった手に息を吐き、ショウガのように小さな手をしている。七人か八人で雪だるまを作ろうというのだ。うまくいかなかったので、誰かのお父さんが手伝いに来た。雪だるまは子供たちよりはるかに高い。上が小さくて下が大きく、壺のような格好だが、真っ白で明るく、自身のうるおいで固まっており、きらきらと光を放っている。子供たちはリュウガンの果実を目にして、誰かのお母さんの化粧箱からこっそり持ってきた頬紅を唇に塗る。今度は大きな雪だるまになった。目をらんらんとさせ、真っ赤な唇で雪に座っている。

次の日、何人かの子供たちが雪だるまを見に来た。手をたたいたり、うなずいたり、笑ったりした。が、雪だるまはずっと座り続けた。晴れるとその表面が融け、寒い夜になるとまた氷り、透明でない水晶のようになった。晴れの日が続くと雪だるまは融け、唇に塗った頬紅も色あせた。

しかし、北方の雪は入り乱れて舞っても、粉や砂粒のような状態を保ち、決してくっつかず、家屋や地面や枯草の上に落ちる。中に住む人が火を使うので、家屋の上の雪はすぐ消えてしまう。ほかの雪は、晴れた空の下、つむじ風に勢いよくはばたき、陽光の中できらきら輝く。まるで炎を包み隠した霧のようだ。くるくるまわりながら上昇して大空に立ち込め、その様子は大空そのものがきらめきの中で回転しているようだ。

果てしない広野で、肌を刺すように冷たい天空の下で、きらめきながら回転し、立ち上っているのは、雨の魂だ……。

そう、それは孤独な雪であり、死んでしまった雨であり、雨の魂だ。

〈一九二五年一月十八日〉

済南の冬――〈老　舎〉

私のように北京に住み慣れた人にとっては、冬に風が吹かなければ、まさに奇跡だ。済南の冬は風は吹かない。私のようにロンドンから帰ってきたばかりの人にとっては、冬に日光が見られれば、まさに驚きだ。済南の冬は快晴で雲一つない。当然、熱帯では、日光は毒々しく、人は晴れ渡った天気を恐れる。しかし、中国北部にいながら、冬に暖かくて晴れた天気に恵まれるのだから、済南は素晴らしい土地だ。

日光だけなら、別に珍しくはない。目を閉じて想像してみよう。歴史のある都市で、山も水も豊か。陽光を浴びながら、おだやかに眠り、春の風が起こしてくれるのを待つ。これは理想の境地ではないだろうか？

北側を除いて、小さな山が済南全体を囲んでいる。冬になると、これらの小山は特別にいとおしい。まるで済南をゆりかごに入れ、「安心しなさい。必ず暖かくなるから」と安らかに話しているようだからだ。本当に、済南の人たちは冬に微笑みを浮かべている。小山を見ると、安らぎ、気持ちが落ち着くのである。もし空からこれらの小山を見れば、知らず知らずのうちに思うだろう。「春は明日来るのだろうか？　これだけ暖かければ、山の草は緑になるかもしれないな」と。この幻想は簡単には実現しないだろう。だが、済南の人たちは焦らない。これだけ慈悲深い冬に、ほかに望むことなどないからだ。

一番美しいのは雪が少し降った時だ。見てほしい。黒みを増した緑の山上の低い松のてっぺんが白い花を載せたようになる。まるで日本の看護婦みたいだ。山のてっぺんはすべて白くなり、青い空に銀色の枠をはめ込んだようだ。山の斜面には雪がかなり積もっているところもあれば、草の色が見えているところもある。こうして山は白と暗黄色の模様の服をまとう。見ていると、この服は風にたなびいているようで、より美しい山肌を見たくなってくる。日が沈もうという時間になると、かすかに黄色を帯びた陽光が山の中腹を斜めに照らし、薄く積もった雪は恥じらいを感じたかのように、淡いピンクに染まる。降るのは小雪だ。済南は大雪には耐えられない。これらの小山も上品なのだ。

済南は歴史のある街で、都心は狭いが、郊外は広々としており、山の斜面にも小さな村がいくつかある。村の家屋の屋根にも雪が少し積もるが、まるで小さな水墨画のようだ。唐時代の絵の名人が描いたのだろうか。

水はどうだろう？　凍らないどころか、緑の藻の上に熱気が立っているくらいだ。藻の緑はつややかで、一年間蓄えた緑を出し切っているようだ。空が晴れれば晴れるほど、藻は緑に輝く。この緑の精神に励まされ、水は凍らないのだろう。そのうえシダレヤナギが長い枝を垂らして水面に影を映しているのだ。澄み切った川の水からゆっくりと視線を上へ移してみよう。空中へ、天上へ。上から下まですべてが清らかに輝き、青があふれている。典雅な青水晶のようだ。この水晶の中には、赤い屋根や山の黄色い草、じゅうたんの模様のような灰色の樹木の影も入っている。これこそが冬の済南だ。

北京の春節――〈老　舎〉

北京の伝統的なしきたりに照らせば、旧暦の新年（春節）の祝福は、だいたい旧暦十二月の上旬に始まる。「十二月の七日や八日には、カラスも凍え死ぬ」という言葉があるくらいで、一年で最も寒い時期だ。しかし、厳冬が来たのなら、春もそんなに遠くない。それゆえ、寒いからといって年越しと迎春の熱意が冷めることはない。旧暦十二月八日には、人々の家でも、寺でも、みな臘八粥を炊く。この特製の粥は先祖や神様を祭るためのものなのだが、農業社会の誇りの表現でもある。この粥は各種の穀物と豆類、果物（杏仁、クルミの実、ライチの実、ウリの種、ハスの実、ピーナッツ、干しブドウ、ヒシの実……）を煮て作るからだ。粥と言うより、小型の農業展覧会と言ったほうがいい。

旧暦十二月八日にはニンニクの漬物も作る。ニンニクを酢に入れて封をし、年越しの餃子を作るときに使うのだ。年末になると、ニンニクは翡翠のような色になり、酢にも辛い味がつく。色も味も美しく、餃子を多めに食べたくなるのである。北京では、年越しの時、それぞれの家で餃子を食べるのだ。

この日から、商店では正月用品を盛んに売り始める。街には露店が増え、春聯や年画、お供えの菓子、水仙の花など、この時期しか見られないものを販売する。これらの年末の露店を見ると、子供たちは胸をはずませる。路地では、物売りの声がふだんより多く飛び交い、暦や松の枝、ハトムギの実、年越し用の餅菓子などは、十二月になってやっと出現するのである。

皇帝がいたころは、十二月十九日から一か月、学校は冬休みになった。子供たちは年越しの準備を、まず果物の砂糖漬けを買うことから始めた。これは各種のドライフルーツ（ピーナッツ、ナツメ、ハシバミ、クリなど）をシロップで漬けたもので、普通のものには皮があったが、高級なものにはなかった。子供たちはこれが大好きで、たとえ食べる餃子がなくても、これを買うことだけは忘れなかった。子供たち、とくに男の子にとって次に大切なのは爆竹を買うことだ。三番目は凧、唐独楽、ハーモニカなどの玩具と年画を買うことだろう。

子供たちも忙しいが、大人たちも緊張する。年越しの時に食べたり飲んだり使ったりするものを揃えなければならないからだ。新年に新しい気分を添えるため、子供たちに新しい靴や服を作ってやる必要もあった。

二十三日に「小年」を祝うが、これは「新年」のリハーサルのようなものだ。旧社会では、この日の晩はそれぞれの家でかまどの神様を祭った。爆竹の音とともに、かまどの神様の絵を燃やすのだが、これは「かまどの神様の昇天」と呼ばれている。この数日前、街では長方形やウリの形をしたキャンディーが売りに出される。古い時代の言い伝えでは、このキャンディーでかまどの神様の口をふさいでおけば、天に行っても玉帝に家の中の悪いことを告げ口されないということだ。現在でも、キャンディーは売っているが、みんなが食べるためで、かまどの神様の口をふさぐためではない。

二十三日を過ぎると、忙しさが増す。あっという間に新年だからだ。大みそかまでに、春聯を貼り、大掃除をしなければならない。肉や鶏、魚や野菜、年越し用の餅菓子なども、少なくとも一週間分の予備を揃えておかなければならない。大部分の商店は五日間店を休み、正月六日にやっと店を開けるのが習慣だからだ。簡単に補給できないので、数日分の食べ物を揃えておかないといけないのである。それに、旧社会のおばさんたちによれば、大みそかに切るべきものはできるだけ切っておくという。正月一日から五日の間に刃物を使うのは不吉だというのだ。迷信とも言えるが、平和を愛しているとも言える。一年の初めには包丁さえ使いたくないというのだから。

大みそかは本当ににぎやかだ。それぞれの家で忙しく正月料理を作り、いたるところに酒と肉の香りが漂う。老若男女すべてが新しい服を着て、門に赤い対聯を貼り、家の中に様々な色の年画を貼る。どの家でも夜通し明かりがつき、爆竹の音が絶え間なく鳴り響く。

他地方で仕事や勉強をしている人も、よほどのことがない限り、必ず家に帰って、一家で食事をとり、先祖を祭る。この夜は、小さな子供以外は、誰も眠らず、年明けを迎えるのである。

元旦の光景は大みそかとは全く異なる。大みそかは、街は人でいっぱいだ。が、元旦は、商店はみな板戸を閉め、その前には前の晩に燃やした爆竹の包装紙が積まれている。都市全体が休息しているのだ。

男たちは午前中に、親戚や友人の家へ新年のあいさつに行く。女たちは家で客をもてなす。同時に、街の中や郊外の多くの寺院が開放され、人々はそこへお参りに行く。商人たちはその外に露店を出し、茶や食品、玩具などを売るのである。北部郊外の大鐘寺、西部郊外の白雲観、南部の火神廟が最も有名だ。しかし、最初の二、三日は、人はあまり多くない。人々は新年のあいさつで忙しく、行く暇がないからだ。五、六日たつと、にぎやかになり始める。野の景色を見たり、ロバに乗ったり、新年特有の玩具を買ったりできるので、子供たちは特に熱心だ。白雲観の外の広場では箱馬車や馬の競走をやっている。昔は、ラクダの競走もやっていたそうだ。これらの競走は順番は大切ではなく、観衆の面前で馬と騎手の姿や技能を表現することが大切なのだ。

多くの商店は正月六日に店を開けるが、爆竹は鳴り続ける。夜明けから朝まで、街全体で鳴り響いている。店は開くが、食品や重要な日用品を売っている店舗以外は、あまり忙しくない。店員たちは交代で初もうでをしたり、芝居を見にいったりだ。

元宵（あん入りだんご）が売りに出されると、新年のピーク、元宵節（正月十三日から十七日まで）だ。大みそかはにぎやかだが、月明かりがない。元宵節は明月が見られる。元旦は美しい。それぞれの家の門に鮮やかな赤の春聯が貼られ、人々は新しい服に袖を通す。だが物足りない。元宵節は、いたるところに提灯がつるされ色布で装飾される。街全体で祝い事をやっているようで、熱気があってあでやかだ。有名な老舗は数百の提灯をつるす。ガラスでできたものや牛の角でできたもの、薄絹でできたものなど、いろいろだ。「紅楼夢」や「水滸伝」の場面を描いたものもある。これは、当年は、広告でもあった。提灯がつるされると、店に入って見物してもいいことになっていた。夜になって提灯の中のろうそくに火をともすと、見物客はずっと多くなる。この広告は俗っぽいものではない。ドライフルーツの店は元宵節で砂糖漬けを売らなければならないので、独創的なものを作った。さまざまな氷灯籠を作ったり、麦の穂で緑色の長い竜を作って、客を呼んだ。

提灯のほかに、広場ではゲームもやっている。城隍廟では中空の土人形を燃やしたりもする。炎が人形の口や耳、鼻や目からちろちろ出る。公園にはランタンが据えられるが、空へ飛んでいく巨星のようだ。

男も女もみな月明かりの中を散歩し、提灯や炎を見る。街は人でいっぱいだ。旧社会では、女性は軽々しく外へは出られなかった。元宵節の時だけいくらかの自由を得たのである。

　子供たちは花火や爆竹で遊ぶ。街へ出かけなくても、いつも通り家の中で楽しく過ごせるのである。家の中にも提灯がある。走馬灯や房飾り付きの灯籠、紙でできた提灯などだ。薄絹製の提灯の中には小さな鈴があり、リンリンと鳴る。みんなあん入りだんごを食べる。確かに、美しくて楽しい日々だ。

　あっという間に、楽しい行事は終わり、学生は学校に行き、大人は仕事をやらねばならなくなる。新年は正月十九日に終わるのだ。旧暦十二月と正月は、農村社会では一番暇な時だ。そして豚や牛や羊は大きくなっているので、屠殺して一年の苦労に報いるのである。元宵節が過ぎると、天気が暖かくなるので、みんな仕事が忙しくなる。北京は都会だが、農村社会と同様に年越しを祝う。それも格別にぎやかに。

　旧社会では、年越しは迷信と結びついていた。臘八粥、麦芽糖、大みそかの餃子、みな先に仏様にお供えをしてから、人が食べた。大みそかには神様を迎えていた。正月二日に財神を祭り、ワンタンを食べ、中には財神廟に行って紙の賽銭を供え、香をたく人もいた。正月八日には「順星」という儀式を行い、老人たちのために祈祷をした。それゆえ当時はロウソクや供え物を買うために大金を浪費していた。現在は、迷信を信じる人はいなくなり、これらのことに使っていた金銭を有用なことに使うようになった。とくに注目に値するのは現在の子供たちは迷信に染まらず、楽しく新年を祝っていることだ。ひたすらに楽しみ、妖怪の類を恐れることがなくなったのである。現在の年越しは以前ほどにぎやかではなくなったのかもしれないが、はるかに健康的で冷静なものになった。以前、人々は年越しの時に神様や霊魂の庇護を祈ったが、現在は労働して年を終えるので、みんな楽しく新年を祝っているのだろう。

（＊訳者注：中国では旧暦正月を「春節」として盛大に祝う習慣がある）

〈一九五一年一月「新観察」第二巻第二期〉

北海の氷雪――〈張　恨水〉

北平（北京の旧称）の雪は、冬の壮麗な景色だ。北方に来たことのない南方人には、その偉大さは想像できない。二か月か三か月の間、北平全体が白い光に覆われる。高いところから見ると、玉でできた街並みが雪化粧しているようだ。当然、北方の都市ならどこでも、雪は積もって融けない。だが、巨大な宮殿や整然とした街並み、いくつかの湖水や公園、太廟、天壇のコノテガシワの林や宮殿の赤い壁、色とりどりの牌坊、これらのものが見渡す限りの雪の中、陽光に照らされ壮麗に輝く、こういう情景は北平でしか見られない。

感動的な美しい景色というなら、北海だ。湖面は厚く凍結し、数十ヘクタールの巨大な鏡になる。北岸の建物や森は、すべて洗われた玉のようだ。とくに五竜亭の橋のついた五つの建物と、小西天の八角宮殿は、美しく映える。北岸から南岸を見ると、いっそう趣きが深い。瓊島は、まさに美しい玉だ。山上のコノテガシワの林は、雪に照らされて黒く見える。この林の中のいくつかの楼閣は、上部は白いが下部はほの暗く、まるで水墨画だ。北海塔は雪化粧し、周りを黒いものが飛んでいる。カラスが雪と戯れているのだ。島の下部の半円形の長い欄干が、赤い漆塗りの欄干を挟んでいる。柱や梁に絵や彫刻を施した漣瀾堂だ。白絹に描いた伝統的な衣装の美人画は、色が格別に鮮明だ。

五竜亭の中のある建物は、四面にガラス窓をはめ、雪と氷の光が反射して入ってくる。その柔らかで美しい光は、よそでは見られない景観だ。建物の中の茶店で、ストーブの火が赤々と燃えている。ここには寒さは全くない。観光客は分厚いオーバーコートを脱ぎ、額まで隠す防寒用の帽子も脱ぐ。身を軽くして、ガラス窓の下に座り、菓子を食べて、パイカルを飲み、名産のひき肉パンを食べる。体を温めると、喜んで北海巡りに行く。東岸の雪の積もったエンジュの林まで長距離を歩く必要はない。箱ぞりに乗ればいい。箱ぞりには車輪はない。短い竹竿を持った人が後ろに立って押す。するりと音を立てて、前方へ走る。乗っている人の耳元を風が吹き抜ける。車より速いが、騒音はない。氷上でスケートを楽しむ観光客もいる。少し離れたところから見ると、大きな白い紙の上を、黒い点がたくさん動いているようだ。映画のワンシーンのようだ。

北海を渡り、瓊島の前に来ると、氷結した湖水がまたある。北国の青年たちは、男も女もグループになって、そこでスケートをする。男は薄いスーツを着て、女は細いチャイナドレスを着ている。みんなマフラーを風にたなびかせている。氷の上でいろいろなポーズで滑り、零度以下の気温を忘れて楽しんでいる。北海公園の入り口では、きちんとした服装のモダンな男女が見られる。みんな肩からエッジのついた革靴をぶら下げている。これは上海や香港のモダンな世界では見られない。

部屋の角のストーブ――〈張　根水〉

重慶の上清寺に行った。そこの三階建ての建物のあちこちから鉄ストーブの煙突が出ているのを見て、一緒に北方から来た数人の同行者は、期せずして「久しく見なかった」と言った。石炭ストーブは北方では珍しくはない。旧暦十月一日を過ぎると、北平（北京の旧称）の家ではすべて、部屋に石炭ストーブを据える。まず、中にパイプを通さなければならない。清潔なものであっても、嫌がる人もいるようだ。次に鉄の覆いのついた石炭ストーブを置き、煙突を窓や壁の角から外に出す。そしていわゆる「白いストーブ」を据えるのである。それは外を白く塗り、鉄の台に載せたもので、中ではたどんを燃やす。たどんを燃やすにはコツがいろいろあるのだが、細かくは述べない。絶対に必要なのは真っ赤になるまで燃やすことで、そうしないと部屋の中がすすけて死んでしまう。冬になると、市民がいつでも使えるように、交番に石炭の毒を中和する薬が置いてある。毒にあたってしまう人が多いのだろう。実際はたどんを真っ赤に燃やしてしまえば、百パーセント安全だ。ものぐさで寒さの苦手な人が、石炭をストーブに入れ過ぎて眠ってしまったら、毒にあたってしまうのではないだろうか？

鉄のストーブはかなり衛生的で清潔だ。戦前は、高速度鋼か銅の七宝焼のものは、大型で十一元か十二元、普通のもので三元か四元だった。トタンの煙突はひとふしが二毛、普通の煙突は一毛で、一部屋に二十ふしもあれば十分だった。それゆえ十元くらいでストーブ一つが据えられた。小さなストーブだと一冬に一・五トンの石炭が必要で、昼夜ずっと燃やし続けても石炭は二トン、一トンがだいたい十元だ。それゆえ設備に燃料費を加えても、二十元くらいにしかならない。もし山西の無煙炭を使うのなら、五割ほど高くなる。

石炭ストーブは暖を取るだけではなく、冬に味わいを添える。書斎の角にストーブを据え、工夫を凝らして六元か七元を使い、トタンで四方を囲み、壁紙が焦げないようにする。ガラス窓の外では西北の風が吹き荒れ、綿のような雪が降っていても、ストーブの上半分で石炭を燃やし下半分から赤い炎がちらちら見える。部屋の中は晩春のような暖かさで、綿入れ服か厚手のあわせの服で十分だ。洋服が好みなら、なおのことよい。フランネルかサージで、とても快適だ。書斎には例によって大小様々な鉢植えが置いてある。カイドウ、ウメ、キク、ヘキトウなどで、夏の草花まである。それらは、四季をひっくり返して、テーブルの上で咲いているのである。二毛の金魚鉢には、赤い魚と緑の水草が見られ、生き生きとした活気を添えている。

私は茶が好きなので、ストーブの上に、いつも白磁のやかんを置いている。いつも湯を沸かしており、音とともに水蒸気をやかんの口から放出している。こうしておけば水蒸気で調和されるので、部屋の空気が乾燥することはない。深夜まで原稿を書いていると、電灯が白く輝く花の影を映し、やかんの音がする。文章の構想を助けてくれるのである。古人の言う「瓶笙」とは、このことだろう。酒が好きだったら、ストーブで酒を温め、つまみを焼けばいい。ストーブのそばに座って、食べながら飲み、大きなピーナッツを剥いていれば、ストーブへのいとしさがこみ上げてくる。美しい妻がいれば、二人で椅子をストーブのそばに置いて座り、よもやま話をすればいい。南のほうでとれた橘の実を二つか三つストーブで焼けば、いい香りが漂う。あわせの服を着た女性の顔は、赤く染まっているだろう。十二時を過ぎれば、雪以外は音は全くしない。これ以上何を書けというのか？

書斎は大雪の中庭に閉じ込められ、邪魔をする者もいないし、騒音もない。書けば書くほど電灯は明るく、ストーブの火は熱くなっていく。鉢植えの花と果物皿のブッシュカンは極めて静かな環境の中で清らかな香りを与えてくれる。おなかがすけばパンを二、三枚か餃子を二つか三つ焼けばいい。ブタの頭部の肉を焼いてもいいのだ。その熱い香りは食欲を刺激する。熱い茶を一杯淹れて、食べる。おなかがいっぱいになったら、また一時間か二時間書くのである。

鉄のストーブよ。いつ私の書斎の角に戻ってきてくれるのか？

冬の晴れ間──〈張　恨水〉

長い間かかっていた霧が晴れ、朝日が顔を出した。山にかかっていた白い雲は暖かく、ひよこのように黄色い。涸れた谷川を渡って住処に戻ると、草は洗われたように濡れ、軒は銀の花の彫刻のように白い。昨晩霜が降りたのだ。しばしたたずみ、おだやかに呼吸する。暖かな空気がふた筋、鼻の穴からゆっくり出る。そよ風が顔をなでるが、とても冷たい。周りの山は茶色だ。淡い霞に覆われ、松と柏が青くかたまっている。目の前に広がる竹の茂みだけが、濃い緑だ。景色は柔らかく、冬の味わいだ。四川東部の冬は、一日中濃霧で、晴れ間は少ない。今の景色は、江南の十月の小春日和にそっくりだ。久しく離れていた故郷を、こうべを垂れて思う。翼で飛んでいきたい。

まもなく、太陽が山の上に昇り、軒下が黄金色に染まった。隣人が子供を連れ出し、外にいすを置き、背中をはだけて陽光の下に座る。碗と箸を持ち、座ってサツマイモを混ぜたごはんを食べ始める。碗の中から、湯気が空まで昇っていく。風下にいる人は、かすかなにおいを感じるだろう。碗の中のサツマイモはとてもいとしい。食べているのは西隣の貧しいおばあさんだ。ぼろの綿入れ服を着て、やせた手で箸を持ち、サツマイモを噛んでいる。味は悪くないのだろう。老人の大食い、いいことじゃないか！　周囲とあわせると、絵になる風景だ。「犬が知らない客にほえ、背中をはだけた老人が孫と遊ぶ」。

静かな山村、暖かな日差し。ぼろの竹垣の前、白髪混じりの老人が枯れ草に座っている。小さな子が二、三人その膝のまわりを歩き、子犬がうずくまって、時々尻尾を振る。まるで詩みたいだ。陽光が久しぶりに射すと、犬は暖かさを求める。人間もだ。

冬の晴れ間は、本当にいい。

白馬湖の冬――〈夏　丐尊〉

私の四十数年の生涯で、冬を最も深く味わったのは、十年前初めて白馬湖に移り住んだ時だ。この十年で、白馬湖には小さな村ができたが、私が移り住んだ時はまだ荒野だった。湖の向こう側に春暉中学の新しい建物が堂々とそびえたち、こちら側の山のふもとには数軒の小さな平屋がたち、私と劉さんの二家族が住んでいた。一、二キロ以内にほかに人家はなかった。旧暦十一月の下旬ににぎやかな杭州から荒涼たる山野へと一家で引っ越してきたのだが、北極に身を投じたようなものだった。

ほとんど毎日、風がぴゅうぴゅう吹き、まるで虎が吼えているようだった。建物は新しかったが、ずさんな作りだったので、ドアや窓の隙間から風が鋭く吹き込んできた。隙間に分厚い紙を糊付けしても、風はまだ入ってきた。風がひどいときには、夜が来る前にドアをしっかり閉め、家族で夕飯を食べて布団にもぐりこみ、寒風の怒号と湖水の波の音に耳を澄ませていた。家屋の中で一番小さな、山側の部屋が私の書斎だった。私はいつも分厚い帽子を深くかぶり、ガラスのかさのついたランプをつけて、深夜まで仕事をした。松風が吹きすさび、冷たい月が窓に映り、ネズミが天井裏を走りまわっていた。こういうもの寂しさに趣きを感じた私は、いつもストーブの灰をかき回し、ずっと起きていた。自分を山水画の中の人物になぞらえ、想いにふけっていたのである。現在は白馬湖のいたるところで樹木がみられるが、当時はまだ木は植えられていなかった。太陽と月は樹影に遮られずに丸ごと見え、山上から出て、また入るまで、ずっと照らしていた。太陽が出ているときは、風が吹いていなければ、冬とは思えないほど暖かかった。家族そろって庭で日光浴をしたり、夏の夕飯のように、屋外で昼ご飯を食べたりした。日の照るところに椅子を持っていって座ったのだが、突然冷たい風が吹くと、各自が椅子を持って屋内に「避難」し、急いでドアを閉めた。ふつう日暮れ時に風は吹き始め、夜中に吹きやんだ。激しい寒風が昼も夜も吹き荒れ、二、三日たって吹きやむこともあった。もっとも寒い数日間は、地面は水際のように青ざめ、山は紫色に暗く凍てつき、湖水は藍色に波立っていた。

雪はもともと嫌いではなかった。雪が降ると部屋の中は明るくなり、夜でもランプはほとんどいらなかった。遠くの山には半月ほど雪が積もっていたが、顔を上げれば窓からその姿が見えた。が、しょせんは南方なので、雪は一冬に一、二回しか降らなかった。私がそこで普段味わっていた冬の情緒は、大部分が風によるものだった。白馬湖に風が多いのは、地形が原因だろう。山に囲まれているが、北側にわずかな隙間がある。袋の口を開いて風を招き入れているようなものだ。白馬湖の山水は普通の風景とあまり変わらない。ただ風だけがほかの場所とは異なる。風が多くて強いことは、白馬湖に行ったことのある人ならだれでも知っている。古から風は冬の季節感の中で重要な要素だが、白馬湖の風は特別だ。

現在は、家族で上海に移り住んで、かなりの月日がたっている。静かな深夜たまたま風の音を聞くと、みんな白馬湖のことを取り上げ、「白馬湖では今夜どんなにすごい風が吹いているだろう！」と言うのだ。

白馬湖の冬、爽快だった！

冬――〈朱　自清〉

「冬」と聞いて、ふと豆腐を思い出した。アルミの鍋で水炊きした、あつあつの豆腐だ。沸き立つ湯の中、魚の目玉のような小さな豆腐を煮ている。柔らかくてなめらか、ホッキョクギツネのコートを裏返しにしたようだ。鍋は石油ストーブの上に置いてあるが、ストーブと同様真っ黒で、豆腐の白さが際立つ。夜で、古い家だったので、ガラスのかさのついたランプを使っていたが、暗かった。テーブルを囲んで父と兄弟三人が座っていた。石油ストーブはとても高かったので、父はいつも立ち上がって、顔を上げ、鍋をちらちら見ては、湯気の中に箸を入れ、豆腐を挟んで、子供たちのしょうゆ皿に一つ一つ入れた。自分で豆腐を取ろうともしたが、ストーブが高すぎたので、結局座っていた。「食事」というより、「楽しみ」だった。夜は寒いので豆腐を食べれば温まる、と父は言った。私たちはこの豆腐の水炊きが好きだった。胸をわくわくさせて鍋を眺め、湯気が立つのを待ち、湯気の中から父が箸で豆腐を取ってくれるのを待っていた。

これも冬だった。確か、旧暦十一月十六日の晩、S君、P君とともに西湖で小舟に乗った。S君は教師として杭州に赴任してきたばかりだが、事前に手紙で「冬でもいいから、一緒に西湖に観光に行きたい」と言ってきた。その晩は月がとてもきれいで、体まで照らしていた。その前の晩も月が明るく輝いていた。十一月の月は特別なのかもしれない。九時を過ぎており、湖面には私たちの小舟だけだったようだ。風が少し吹き、柔らかな月光が波を照らしていた。水面に反射する光は、つややかな銀のようだった。湖上の山は淡い影になっていた。山のふもとに明かりが一つか二つ見えたので、S君は「漁村に明かりがともっている、まるで淡い黛の跡のようだ」と吟じた。私たちはあまり話をせず、オールの音が規則正しく耳に入ってきた。私はだんだん眠くなってきた。P君に「おい」と言われて目を開けると、彼の笑顔が見えた。船頭が「浄寺に行きますか？」と尋ねた。阿弥陀仏の誕生日でとてもにぎやかだと言うのだ。寺に行くと、殿上にはろうそくが輝き、女性信者の念仏の声が響き渡っていた。夢から覚めたようだった。もう、それから十年以上がたつ。S君とはよく連絡を取るが、P君は住所が何度か変わっているそうだ。一昨年は税務署で仕事をしていたが、その後のことはわからない。

台州でひと冬を過ごしたことがある。一家四人だった。台州は山間部の町で、谷の中にあるといってよい。一キロぐらいの大通りが一筋あるが、他の道には昼は人はあまりおらず、夜は真っ暗だ。人家の窓から明かりが見えたり、たいまつをかかげて歩いている人もいるが、ごくわずかだ。私たちは山のふもとに住んでいた。山上の松の林を吹く風の音が聞こえたり、空を鳥が一羽か二羽飛んでいるのが見えたりした。夏の終わりに来て、春の初めに帰る。いつも冬はそこですごしているような気がした。が、真冬であってもあまり寒くなかった。私たちは階上に住んでおり、私の書斎は大通りに面していた。道で誰かが話していると、はっきりと聞こえた。だが、道を歩く人が少ないので、実は窓の外で話しているのに、遠くから風が運んできた声のように感じることもあった。私たちはよそ者だったので、学校へ行く以外は、いつも家で座っていた。妻も寂しさに慣れて、家族とともに家を守っていた。外はいつも冬だったが、家の中はいつも春だった。ある時、私は街へ出かけたが、家に帰ってくると、階下の台所の大きな四角形の窓が開いていて、妻と子供合わせて三人が並んでいるのが見えた。三つの顔は無邪気な微笑を私に向けていた。台州には、私たち四人しかいないような気がした。天地には、私たち四人しかいないような気がした。その時は民国十年（一九二一）だった。妻は家から出てきたばかりで、のんびりしていた。妻は四年前に死んだが、今でもその微笑が心に残っている。

どんなに寒くても、風や雪がひどくても、これらのことを思うと、私の心はいつも温かくなる。

初冬――〈蕭紅〉

初冬、冷たい道を歩いていると、弟に出くわした。

「姉さん、どこに行くんだい？」

「ぶらぶら歩いているだけよ！」

「一緒にコーヒーでも飲まない？　どう？」

喫茶店の窓のカーテンの下には霜が降りていた。私はオーバーを脱いでハンガーにかけた。二人がコーヒーカップをかき混ぜるすずやかな音がし始めた。

「寒くなったし、姉さんも寂しいだろう。家に帰ったほうがいいよ」。弟の瞳の色は深い黒だった。

私は首を横に振り、言った。「あなたの学校のバスケットボールのチームは最近どうなの？　活躍してるの？　あなたはまだ熱心にやってるの？」

「シュートがうまくなったよ。でも、残念ながら姉さんは競技場に来てくれないじゃないか。そんなのだめだよ」

私はずっとコーヒーカップをかき混ぜていた。久しく漂っていた心は、海岸から遠く離れた海水と同様、大風でも吹かなければ波立たないようだった。私はハンカチをいじり始めた。弟が何か言っていたようだが私の耳には入らなかった。まるで幻想の深い井戸に落ちてしまったようだった。

どうやってコーヒーを飲んだのか覚えていない。空のカップをスプーンでかき混ぜていると、弟が「もう一杯！」と頼んだ。

ウエイトレスがにこにこして私たちのテーブルに来て、足音を響かせ、再び戻っていった。

朝で寒いからなのか、喫茶店には誰も入ってこなかった。弟が無言で私を眺め、私の心がガラスのように静かになったとき、壁のスチームのかすかな音が耳に入った。

「寒くなったから、やっぱり家に帰ったほうがいいよ。気分も悪いだろうし、長引かせても何にもならないよ」

「どうして？」

「悪い気分でいてもいいことはないよ」

「どうして私の気分が悪いって言うの？」

私たちは再びコーヒーカップをかき混ぜ始めた。外国人が入ってきた。のどを響かせ、しゃべり続けているその女性は、私たちの近くに座った。彼女が近づくと、洋服の香水のにおいがしてきたが、それはかえって彼女を私から、全人類から遠い存在にした。彼女の安閑とした幸福な有様は私とは何のつながりもなかった。

私たちはコーヒーカップをかき混ぜていた。カップは最初のようなすずやかな音はしなくなっていた。街を走る車が少しずつ増えてきたみたいだ。窓にきらめく人影も、どんどん増えていった。窓越しに、暗い笑い声と道行く人の暗い靴音が聞こえてきた。

「姉さん」。弟の瞳の色は深い黒だった。「寒くなった。外をうろつくのはもう無理だ。家に帰りなよ！」。弟は言った。「髪の毛が長くなったね。理髪店に行ってないの？」。なぜか弟の言葉に心を動かされた。

消えかけていた明かりが私の中で再びともり始めた。熱と光が私を動かした。

「あんな家には帰りたくないわ」

「そうやってずっと外をうろつくつもりなの？」。弟の瞳の色は深い黒だった。弟は左手のそばにカップを置き、右手をテーブルに置いて、手のひらを上に向けた。何かを探しているようだった。最後に、ネッカチーフをつかみ、唇を震わせて言った。「姉さん、女性が一人で外をさまよい続けるなんて、僕は本当に心配してるんだ」。弟の歯がより白く、大きく見えた。力と熱意がこもっていた。熱意のあまり、弟の唇は色があせていた。いくらかクレージーになっていたが、静かだった。熱意に完全に支配されていた。

喫茶店を出て、薄く氷の張った雪を私たちは踏みしめた。

初冬、朝の赤い陽光が私達の髪を照らしていた。この赤い光を見て、私は喜びと寂しさを感じた。弟は絶えず帽子を揺らし、肩を上げたり下げたりしていた。心臓の位置も高くなったり低くなったりしていた。

小さな同情者と被同情者は市街地を離れた。

荒涼としたナツメ畑の前で止まると、彼は突然分厚い手を差し出した。別れの挨拶だ。

「僕は学校に行かなくちゃならないんだ！」。そう言って私の手を離し、反対方向へ進んだ。

が、数歩歩くと、再び戻ってきて「姉さん、やっぱり家に戻ったほうがいいと思うよ」と言った。

「あんな家には戻れないわ。私とは極端に違うお父さんに養ってもらいたくないの」

「じゃあ、お金は要るかい？」

「要らないわ」

「姉さんはずっとそうやって過ごすの？　だいぶ痩せたよ！　病気になっちゃうよ！　着ている服も薄いじゃないか！」。弟の瞳の色は深い黒だった。祈りと願いが溢れていた。

私達はもう一度握手し、別々の方向に進んだ。

太陽が私の顔をきらきら照らしていた。弟に会う前と同じように、私は街を当てもなく歩いた。冷たい風が喉を刺し、時々小さな咳が出た。

弟は私に深い黒い色の瞳を残していった。孤独にさまよっている私の心に、それはいっときのぬくもりをもたらした。

（＊訳者注：一九三〇年、作者は父親に退学させられ、意に沿わない結婚をさせられそうに

なったので、家出をした。そのときにたまたま弟に出会ったときのことを描いた文章）

雪が降る――〈蕭　紅〉

夕ごはんを食べているときに、門番が「お客様です」と告げに来た。

雪を踏みしめ、外に出てみると見知らぬ人が鉄柵のところに立っていた。武術の先生を探しているのだという。部屋の中に入ってもらうことにした。彼は入口で靴を拭うものを探したが、見当たらなかったので、申し訳なさそうな表情をした。床を汚してしまうと思ったのだろう。台所に明かりはなかった。台所を通るとき、足にこびりついた雪で彼は転びそうになった。

一時間たっただろうか。私達のラーメンは椀の中で完全に冷えてしまったが、その人はまだ帰らず、「武術」を学ぶのかどうかも言わず、ハンカチで口を拭き、目をもんでいるだけだ。眠るつもりなのだろうか。私は箸で固まりそうになっているラーメンをかき混ぜながら、その人が襟を軽く立てるのを見た。今度こそ帰るのかと思ったが、まだ帰らない。耳が冷えたので、襟でこすって温めていたのだろうか。しかし、部屋の中で耳が冷えるはずはない。椅子に座って眠りたいのか？　ここは眠る場所なのか？

「武術」を学ぶのかどうか、結局その人は言わず、帰るときに「少し考えます」とだけ言った。

よく誰かがここに来て考える。二度来る人もいる。が、学ぶのかどうかすぐに決める人はいない。面と向かって「学ばない」と言うのは申し訳ないと思うみたいだし、「学ぶ」と言うと、学費が心配になるのだろう。学費を減らしてほしいと誰もが思っているようだ。

二人は何も話さず、ろうそくを前にして冷えたラーメンを食べていた。雪が大降りになった！　汚れた水を捨てに外に出て部屋に戻ると、髪の毛には雪が積もっていた。戸口からろうそくの光で外を眺めると、見渡す限り真っ白な雪で、この世を埋め尽くしてしまいそうだった。

夫はオーバーをはおり、向かいの小屋へ武術を教えに行った。夫の袖口は大雪に埋もれてしまった。向こうの小屋のドアを開ける音が聞こえ、客間が明るくなった。窓から外を見ると、雪が降りしきっていた。寂しくて厳かな夜が私を囲んでいた。咳が出たので窓を閉めた。本を手にとり数ページ読んで、再び窓を開けた。雪は激しくなったのか？　少しおさまったのか？　人は退屈なとき、雨風などの天気に注意をひかれるものだ。雪はどんどん激しくなり、ひとひらひとひらが舞い飛び、混じり合っていた。

大門からの通路を歩く靴の音が響いていた。中庭に入ると音は小さくなった。汪林が帰ってきたのだ。このかつての同級生が中国式の服を着ていたのか西洋式の服を着ていたのか、私には見えなかった。彼女はドアの呼び鈴を押した。お手伝いの女の子がドアを開けて、「どなたですか?」と尋ねた。

「私よ、わからないの?『どなた』って何よ」。彼女は少し煩わしそうにしていた。お嬢様だから若くてプライドが高いのだが、お手伝いの女の子にはわからなかった。雪が降っていなければ、女の子が首をすくめたのが見えただろう。

再び本を読み、雪を見た。かなり読んだが、どういう意味かわからなかった。「大雪が降って寒くなる」ということしか頭になかったからだ。これから外に出られなくなるのだろうか?　夫は皮の帽子をかぶらず、服には皮の襟もついていない。耳が凍傷になるんじゃないかしら?

部屋の中、ストーブに火があれば、私は必ずそばに立っていた。薪がなくなれば、布団を被りベッドに座って、昼も夜もはなれなかった。どうやって外に行けというのだ。布団を被って街に行くのか?　そんなことができるのか?

私は足をストーブの方に、まっすぐに伸ばした。そうして椅子に座り本を読んでいたのだが、実際は読んでいない。集中できなかった!

夫が部屋に入ってきて「ハムを焼いているの?」と言った。

「雪はどうなの?」と私は尋ねた。

「この服を見てくれよ」。夫はタオルでオーバーの雪をはらった。

雪は私に不安と恐怖をもたらし、夜になるといろいろな不愉快な夢を見た。子豚の群れが雪の穴に沈んだり、凍え死んだスズメがそのまま電線にぶら下がっていたり。雪に覆われた荒野の林の中で、人が凍えて硬直し、凍った手足が落ちてしまったり。

こんな夢を見た直後は、現実かと思った。だんだんわかってくると、夫に抱きついたりしたが、真実ではないとは思えなかった。

「どうしてこんな夢を見るのかしら？　どうしよう？」と私が言うと、「何を言ってるんだ。科学的に考えないとだめだよ。夢というのは心理なんだ、物質の反映なんだ。自分の肩を撫でてごらん、すごく冷えてるだろう。肩が冷えてるからあれこれ夢を見るんだよ」と夫は言って、すぐ眠ってしまった。取り残された私は、天井やベッドの下から風が吹き、鼻や耳が凍ってしまうような気がした。

夜、大雪はどうなっているだろう！　朝起きたら、ドアが開かなくなっているわ！「大雪の年には、子供が埋もれてしまうくらい積もる」と祖父に言われたのを思い出した。風は絶えず窓を打ち、犬は家の裏で吠え続ける……。

凍えから飢えを思い出した。明日の主食がない。

「呼蘭河伝」第一章から――〈蕭　紅〉

厳しい冬が大地を閉ざしたとき、大地はぱっくりと口を開ける。南から北へ、東から西へ、数メートル、十数メートル、いろいろな方向に、いつでもどこでも。厳しい冬が来れば、大地はぱっくりと口を開けるのである。

厳しい寒さで大地は凍てつき、裂けた。

老人は部屋に入ると、はけでひげの氷を落としながら、「今日はとても寒い。地面が凍って裂けている」と言った。

馬車の御者は、オリオン座の中央の三つの星の下、鞭をふるいながら数十キロ進んだ。空が明るくなると店に入り、そこの主人に「すごい天気だ！　ナイフで刺されているみたいだ」と言った。

部屋に入ると、犬の皮の帽子を脱ぎ、キセルを吸ってから、ほかほかのマントウを手に取った。その手の甲には無数の裂け目があった。

人の手も凍って裂けている。

豆腐売りが朝早く起きて、街へ豆腐を売りにいった。豆腐を入れた四角い木の皿をうっかり地面に置くと、取れなくなった。凍って貼りついてしまったのだ。

マントウ売りの老人は、ほかほかのマントウを入れた木の箱を背負い、日の出とともに街へ売りにいった。はじめのうちは、速く歩き、大きな声を出していた。少したつと、足取りが重くなった。土踏まずが真ん丸の卵を踏んでいるようだ。氷と雪が靴の底にくっついてしまったのだ。歩きづらそうだった。用心しなければ、ころんでしまうだろう。実際にころんでしまった。マントウを入れた箱もひっくり返り、マントウがころがり出た。そばにいた人がこれを見て、老人がなかなか起き上がれないので、マントウを数個拾い、食べながら歩いていった。老人はもがきながら起き上がり、マントウと一緒に雪や氷も箱に入れてしまった。数えてみたが、足りない。マントウを食べながら歩いている人に向かって、老人は「寒い天気だ。地面が裂け、俺のマントウを呑み込んでしまった」と言った。

通行人はこれを聞いて、みな笑った。老人は木箱を背負って再び歩き出した。足の下にくっついた雪はますます多くなっているようで、歩くのが辛そうだった。背中には汗をかき、目には霜が下り、ひげの氷はどんどん増えていった。呼吸するため、ぼろぼろの帽子の前にも霜が下りた。老人は歩くのがどんどん遅くなり、震え出した。初めてスケート靴を履いた人が、スケートリンクに押し出されたみたいだった。

犬も凍え、毎晩詰まったような声で鳴いていた。足の爪を火で焼かれているみたいだった。

これ以上寒くなると、水がめが凍って割れ、井戸も凍結する。

いのだ。
吹雪の夜が人の家を封鎖してしまった。一晩眠って朝起きると、ドアを押しても開かな

厳寒の季節になると、すべてが変わり、空は灰色になる。大風が吹いた後の混沌とした天気のようだ。そのうえ一日雪が降り続く。人々は早歩きになる。厳寒の中、呼吸は煙のように見える。七匹の馬が馬車を引き、荒野の中を連なって走る。提灯に火をともし、鞭をふるい、空にはオリオン座の三つの星だ。一キロ走ると、馬は汗をかく。それ以上走ると、氷と雪の中、人と馬から湯気が立ち昇る。太陽が出ると、木賃宿に入るが、馬の汗は止まる。汗が止まると、馬の毛に霜が下りる。

人も馬もたっぷり食べると、再び走り出す。この寒いところは、人家はとても少ない。すぐに次の村や町にたどり着くわけではない。南方とは違うのだ。ここでは見渡す限り白だ。次の村など見えない。道を知っている人の記憶に頼って走るしかない。七匹の馬が食料を積んだ大きな馬車を引っ張って、近くの町へ行く。大豆を積んでいるものは大豆を売り、コウリャンを積んでいるものはコウリャンを売る。帰るときには、油や塩、布を積む。

呼蘭河は小さな町だ。大して繁栄しているわけではなく、大きな道路は二つしかない。東西と南北に走り、その交差点が一番有名で、店が集まっている。

〈一九四〇年九月一日「星島日報」〉

（＊訳者注：呼蘭河は中国黒竜江省の町。冬はマイナス三十度くらいになる）

雪の夜――〈石　評梅〉

北京に大雪が降り積もったが、外に出て鑑賞する気は起きず、怪我をして部屋に横たわっている友人のために薬や茶を煎じているだけだった。静かなたそがれの中、窓の外には雪が舞っていたが、低く垂れたカーテンの中では苦しみにうめく声が聞こえていた。私は暗い部屋の中でストーブのそばに座り、薬壷から立っている湯気を眺めながら物思いに沈んでいた。

思いは千々に乱れていた。雪に関することや病気の友人に関することなど、多くを考え、言うに耐えない情況に陥った。ドアを開けて雪を見、戻ってきてカーテンを開けて病気の友人を見た。どうして心がこんなに不安定なのだろう？　誰をのろうべきか？　世界か？　人類か？　美しく宙を舞う雪を眺めながら、この世界を賛美した。が、振り返って病気の友人の苦しむ声を聞くと、再びこの世をのろった。私たちはみな怪我をしては倒れてもがき、敗北してもなお勝利を望む戦士だ。この世界は冷酷で無情だが、情熱をもって暖めたい。この世界は残忍で悪辣だが、善良な魂をもって改変したい。今、戦場で再び重い怪我を負った。わずかな力で得られるのは憂鬱だけだ。いつになったら、もう一度もがいて戦いに勝つことができるのか？　燃え盛るストーブの火が私たちに力を与えてくれるよう祈る！　薬が友人を治して、敵に立ち向かい煙を取り払う元気を与えてくれるよう祈る！　たそがれが去り、夜が来た。瑛さんが雪の中、病気の友人を見舞いにきた。この世の苦悩のため、彼の天真爛漫なえくぼは憂いに覆われていた。不幸なことではあるが、人の生存とは苦痛と戦うことだと私は信じている。ごく普通でありきたりのことなのだ。懺悔する必要はない。

彼女に薬を飲ませてから、部屋を出た。一晩続くであろう彼女の苦しみとうめきから離れた。明日の朝日が照らす彼女の青白い頬は、げっそりとやつれているだろう。いとしみも同情も、もう考えたくない。罪悪と苦痛は、これらの耳ざわりのいい言葉を基にしている。あえて人類をのろわないが、軽々しく信じることもできない……。それゆえ、この情景の中、病気の友人にこれらの耳ざわりのいい言葉を聞かせることは絶対にしない。彼女には愚鈍さを与えたい。愚鈍な人は、幸福な人でもあるからだ。しかし天は彼女に聡明さを与え、傷つけている。

部屋を出てから、白くなった静かな十字街のあたりをさまよった。この透き通るように白い街は幽美で清らか、鑑賞と賛美に値する！　荒涼として静かな陶然亭を、偉大で荘厳な天安門を、さびれた広い什刹海を、小さくて美しい公園を、みやびで閑散とした北海を、私はこの時思い出した。ふだんはにぎやかな十字街も、雪が降るとひそやかだ。一日中砂ぼこりの舞う北京に、私は何年もいる。何重もの暗黒の網に束縛され、罪深き鉄の水門に圧迫され、空気は乾燥し、生活は味気なく、心は苦悶の中だ。きらびやかなビルの外には、飢えと寒さに苦しむ声があふれているのである。だが、私はついに夢から覚めたように、幽美で妙なる世界を目を開いて見た。すぐに消え去る雪に喜びを感じ、喜びの中に久しく感じなかった驚嘆を見出した。暗黒の中にかすかに光る鬼火のようなものであっても、その刹那に宇宙の変化を見た。この世のすべてにこういう刹那を見出し、世界は軽薄だ、との思いを変えたい。

順治門の橋梁を過ぎると、雲か霧のように降る白雪の中に二列に並んでいる枯れ木と、平坦で真っ白な川面が見えた。もう深夜だったので、通行人は極めて少なく、犬の鳴き声と清らかな鐘の音がかすかに聞こえるだけだ。足の下にある、電灯の下できらきらと銀色に輝く雪は、この世のものではないようだ。城壁の不ぞろいなレンガに白い雪が積もり、顔を上げると、雪で覆われた屋根と下に垂れ下がっている飾り房が見えた。その下に漆黒の洞門があったが、遠くから眺めると狂おしいほどの恐怖の門に見えただろう。この静かな洞門に立ち、あれこれ考えた。うるさくて混みあった街はいやだ。こういう静かな時間がほしい。

宣武門を過ぎると、真っ白な地面の上に、多くの灯火が見えた。人影がうごめく牌楼は本当に美しい。雪が一切の汚れと醜さを覆い隠しているのだ。ここらへんが十字街だ。友人たちよ、私と同じく雪を愛する友人たちよ。白く輝く雪の光の下で、影を落とし、足跡を踏んでいく。どれほど輝かしく、偉大なことか！　今夜、見渡す限り真っ白な雪の世界に身を投じたが、私自身は小さくて暗い。身も心も、雪のように透明で純潔だとはとても言えない。雪が私自身の暗黒と汚濁を照らし出してくれたからこそ、自らが罪多き人類の影に過ぎないことがわかったのだ。人類と本来清らかではない世界を、軽薄な心で責めることなど私にはできない！　友人よ！　私は懺悔する！

雪の夜を愛し、この刹那の雪景色を愛する。深夜なので陶然亭や什刹海、北海や公園には行けないが、思わず天安門の方向へ足が向いた。西安門ホテルの前を通ると、自動車が数台停まっているのが見えた。上部には白い雪が積もり、タイヤは雪に食い込んでいる。暗い内部にいる人は体を曲げていた。高くそびえるビルが夜空に舞う雪を迎え、少し暗い電灯が門の前の乱れた足跡を照らしている。婚約を解消した時のことを思い出した。こんな感じだったな。

前へ前へ歩く。電車が通り過ぎて行った。車輪の下の花火を見ただけでほほ笑んだ！　誇らしい。雪の中を前へ進んでいるのだ。目的に到達するのに何かの力を借りたことなど、ない。前へ歩くのみだ。

西長安街の大きな森林に入った。空の果てが淡い赤になっているのが見えた。まばらになった枝に積もった雪が、風が吹くと下に落ちる。私の涙と同じだ。森林を歩いていると沈鬱な悲しみが襲ってきた。かつて君宇さんとどこを歩いたか、今でも覚えている。だが、街の南で黄色い土の下に埋葬されて二年になる君宇さんのことを再び思うことができるだろうか。夢の中でも無理だ。

三つの門を過ぎた！　偉大で荘厳な天安門は、白一色だった。天も地もすべてが白だ。一歩一歩、まるで仏を拝むように敬虔に白くなった石の橋梁の下まで歩き、獅子を彫った石柱の前に来た。赤い壁と緑の瓦の高くそびえる天安門を見上げ、昔日の皇帝の尊厳と故宮に残された荒涼を思った。石橋に積もった誰も踏んでいない雪を踏み、灯火が明滅する正陽門を遠望した。心が徐々に冷静になっていったが、これも私の世界だ。夢うつつの芸術の世界だ。橋を下りると再び前へ進んだ。新しく植えられた小さな松を、雪が房飾りのように装飾していた。遠くから眺めると、白いスカートをはいた踊り子が並んでいるようだ。前を明かりが照らしていたが、数歩進み、孫文の銅像のところで折り返した。灯火と雪の光が顔を照らし、何の陰翳もない、純粋で真っ白な気持ちになった。私はもうこの世界にいない。この世の衣装をすべて脱ぎ捨てたのだ。

この世の暗い影を受けているからこそ、白い雪を愛している。雪は私の心を洗い、冷たくきれいなものにしてくれる。この世のすべての事物と世界を主宰する人類が、雪で洗浄されることを私は望んでいる。反逆の炎を血で撲滅するより効果があると信じている！

一九二七年一月十四日　雪の夜

〈「語絲」第一一六期　一九二七年一月二十九日〉

《原作者紹介》

郁　達夫（いくたっぷ）
一八九六―一九四五、浙江省富陽生まれ。作家、詩人。東京帝国大学に留学。代表作「沈淪」。

老　舎（ろうしゃ）
一八九九―一九六六、北京生まれ。中国を代表する作家。代表作「駱駝祥子」「四世同堂」など。

夏　丏尊（かべんそん）
一八八六―一九四六、浙江省紹興生まれ。一九〇五年日本に留学し、一九〇七年に帰国。一九二一年白馬湖の近くの春暉中学の教師となる。代表作「白馬湖の冬」「文芸論ＡＢＣ」「現代世界文学大綱」。

徐　志摩（じょしま）
一八九七―一九三一、浙江省海寧生まれ。詩人、エッセイスト。一九一八年アメリカへ留学。一九二一年イギリスへ留学。一九二四年北京大学教授に就任。一九三一年飛行機事故で死去。代表作「偶然」「愛眉小札」など。

林　徽因（りんきいん）

一九〇四―一九五五、福建省閩侯の人。建築家、作家。ペンシルベニア大学美術学院卒業。天安門人民英雄記念碑の設計に参加。「福州三大才女」の一人。

張　恨水（ちょうこんすい）

一八九五―一九六七、安徽省安慶の人。小説家。一九一一年作品を発表し始める。一九二四年「春明外史」で名を成す。一九六七年北京で死去。代表作「金粉世家」など。

蕭　紅（しょうこう）

一九一一―一九四二、黒竜江省ハルビン生まれ。「中華民国四大才女」の一人。一九三六年日本に留学。代表作「生死場」など。

盧　隠（ろいん）

一八九八―一九三四、福建省閩侯生まれ。五四時期の著名な作家。「福州三大才女」の一人。北京高等女子師範卒業。代表作「曼麗」など。

孫　福熙（そんふっき）

一八九八―一九六二、浙江省紹興の人。エッセイスト、画家。一九一五年浙江省省立第五師範を卒業。一九二〇年フランスへ留学。新中国成立後は人民教育出版社、北京編訳社の高級編集者を務める。代表作「山野掇拾」など。

梁　遇春（りょうぐうしゅん）

一九〇六―一九三二、福建省閩侯生まれ。エッセイスト。一九二八年北京大学英文科を卒業。一九三二年急性猩紅熱で死去。代表作「涙と笑」など。

朱　自清（しゅ じせい）

一八九八―一九四八、江蘇省東海生まれ。詩人、エッセイスト。北京大学卒業後、清華大学中文系教授に就任。代表作「雪朝」「踪跡」など。

魯　迅（ろ じん）

一八八一―一九三六、浙江省紹興生まれ。中国文学の父と称される。一九〇二年日本に留学。代表作「阿Ｑ正伝」「狂人日記」など。

陸　蠡（りく れい）

一九〇八―一九四二、浙江省天台生まれ。エッセイスト、翻訳家。代表作「海星」。

石　評梅（せき ひょうばい）

一九〇二―一九二八、山西省陽泉生まれ。「中華民国四大才女」の一人。一九二三年北京高等女子師範を卒業。一九二八年脳炎で死去。代表作「墓畔哀歌」。

編訳者紹介

多田 敏宏（ただ としひろ）

1961年、京都市に生まれる。

1985年、東京大学法学部卒業。

2006年から2017年まで中国の大学で日本語を教える。

訳書『わが父、毛沢東』『ハイアールの企業文化』『中国は主張する』『中国、花と緑のエッセイ』など。

中国、四季のエッセイ

2018年11月21日　第1刷発行

編訳者　多田敏宏
発行人　大杉　剛
発行所　株式会社 風詠社
〒553-0001　大阪市福島区海老江5-2-2
大拓ビル5-7階
TEL 06（6136）8657　http://fueisha.com/
発売元　株式会社 星雲社
〒112-0005 東京都文京区水道1-3-30
TEL 03（3868）3275
印刷・製本　シナノ印刷株式会社

ISBN978-4-434-25391-1 C0098

乱丁・落丁本は風詠社宛にお送りください。お取り替えいたします。